PROSAICO DO AZUL COLBALTO AO AMARELO TOSCANA

JOÃO PEDRO LEAL DE SOUSA

Copyright © 2023 by Editora Letramento
Copyright © 2023 by João Pedro Leal de Sousa

Diretor Editorial Gustavo Abreu
Diretor Administrativo Júnior Gaudereto
Diretor Financeiro Cláudio Macedo
Logística Daniel Abreu e Vinícius Santiago
Comunicação e Marketing Carol Pires
Assistente Editorial Matteos Moreno e Maria Eduarda Paixão
Designer Editorial Gustavo Zeferino e Luís Otávio Ferreira
Capa Sérgio Ricardo
Revisão Daniel Rodrigues Aurélio
Diagramação Isabela Brandão

Todos os direitos reservados. Não é permitida a reprodução desta obra sem aprovação do Grupo Editorial Letramento.

Dados Internacionais de Catalogação na Publicação (CIP)
Bibliotecária Juliana da Silva Mauro – CRB6/3684

L435p Leal, João Pedro
Prosaico do azul cobalto ao amarelo toscana / João Pedro Leal. - Belo Horizonte : Letramento, 2023.
92 p. ; 21 cm. - (Temporada)
ISBN 978-65-5932-371-5
1. Intimismo. 2. Velhice. 3. Solidão. 4. Amor. 5. Angústia. 6. Pessimismo. I. Título. II. Série.
CDU: 82-36(81)   CDD: 869.93

Índices para catálogo sistemático:
1. Literatura brasileira - Conto 82-36(81)
2. Literatura brasileira - Conto 869.93

LETRAMENTO EDITORA E LIVRARIA
Caixa Postal 3242 – CEP 30.130-972
r. José Maria Rosemburg, n. 75, b. Ouro Preto
CEP 31.340-080 – Belo Horizonte / MG
Telefone 31 3327-5771

É O SELO DE NOVOS AUTORES
DO GRUPO EDITORIAL LETRAMENTO

O ESPIRRO DO URUBU, O NARRADOR, O ALGOZ E O ESCRITOR

Urubu não espirra até você ver um espirrando, e ainda assim não irão crer em você, não vão acreditar no resfriado do urubu. O urubu não sofre com suas emoções, se aproveita delas, não sente por seus pesares, fica grato por isso, pois a morte lhe é amiga dando a ele restos para fazer a carniça. O urubu sente vontade de devorá-los e a outros tem apenas o desinteresse.

O urubu espirra também porque tem liberdade de espirrar, não só por ter como casa a praça de nome liberdade, pois não servia de nada. Esse urubu é uma espécie de mentor de seus algozes. Ele está ali sentindo prazer dos corpos intimamente mortos e sente repulsa de outros por serem generosos. O urubu não tem apreço por ninguém, mas é manso por andar tão próximo dos passeantes sentados nos bancos da praça da liberdade, no canteiro das rosas, confundindo-se com o perfume bom delas, manso e brevemente perfumado.

O urubu tem cor preta, mistura de todas as cores que o forma. O céu às vezes se apresenta de azul, nos dias ensolarados. De amarelo, só o astro sol quando não se está neblinando. O preto é a cor do urubu que espirra.

O narrador é o urubu que espirra, todo escritor é urubu, permeando as vidas e pós-vidas, se aproveitando das carniças, alimentando-se da carne impregnada de âmago. O algoz é este urubu, participante da praça da liberdade, todo escritor é um urubu que espirra a vida e a realidade, é o que alimenta seu estômago a ponto de fazê-lo vomitar as palavras. O urubu, o narrador, o algoz e o escritor são um só indivíduo neste livro.

AGRADECIMENTOS

Este é um livro para ser levado a uma praça e ser consumido lá, pois os personagens aqui saltarão das páginas e serão vistos passeando à sua frente, tudo acontece na praça e "se puderes ver, repara", José Saramago.

Estes agradecimentos são voltados a aqueles que diretamente olharam estes escritos e me ajudaram a compreender a dimensão sensível, colorida e cósmica que há na vida corriqueira e assim surgiu este prosaico. Aqui, exponho minha gratidão ao Prof° Ms. Abílio Monteiro Neiva, por ter me presenteado com a apresentação desta obra. E a cada um dos leitores íntimos dos contos, cabendo citar: Profª Esp. Fabiana Costa de Sousa, Maria Vitória Costa dos Santos, Willan de Sá Correa, Pedro Henrique Melo da Costa, Ezio Barros Mota, Pedro Augusto Baía, Ana Herlinda da Silva Lima e Felipe Soares de Castro, pela cumplicidade e as generosas contribuições – foram leituras aprimoradas da minha compreensão, e que ajudaram a encontrar as cores deste livro, entre o azul cobalto ao amarelo toscana.

Agradeço também aos que, indiretamente, me foram as inspirações para cada um destes personagens. Maria das Rezas, senhor Geraldo da Silva, Chiquinha, Francisca e Julinho, gratidão! Porque foram os primeiros a serem vistos na minha praça de nome Liberdade.

Agradeço a Deus por me proporcionar as oportunidades e a Nossa Senhora das Dores, por me proporcionar a resignação. Deixo meu abraço para a minha mãe, Terezinha de Jesus da Silva Leal, ao meu pai, Aldimar Carlos de Sousa, e aos meus irmãos, João Vitor Leal de Sousa e Maria Clara Leal de Sousa.

PROSAICO
DO AZUL
COLBALTO AO
AMARELO
TOSCANA

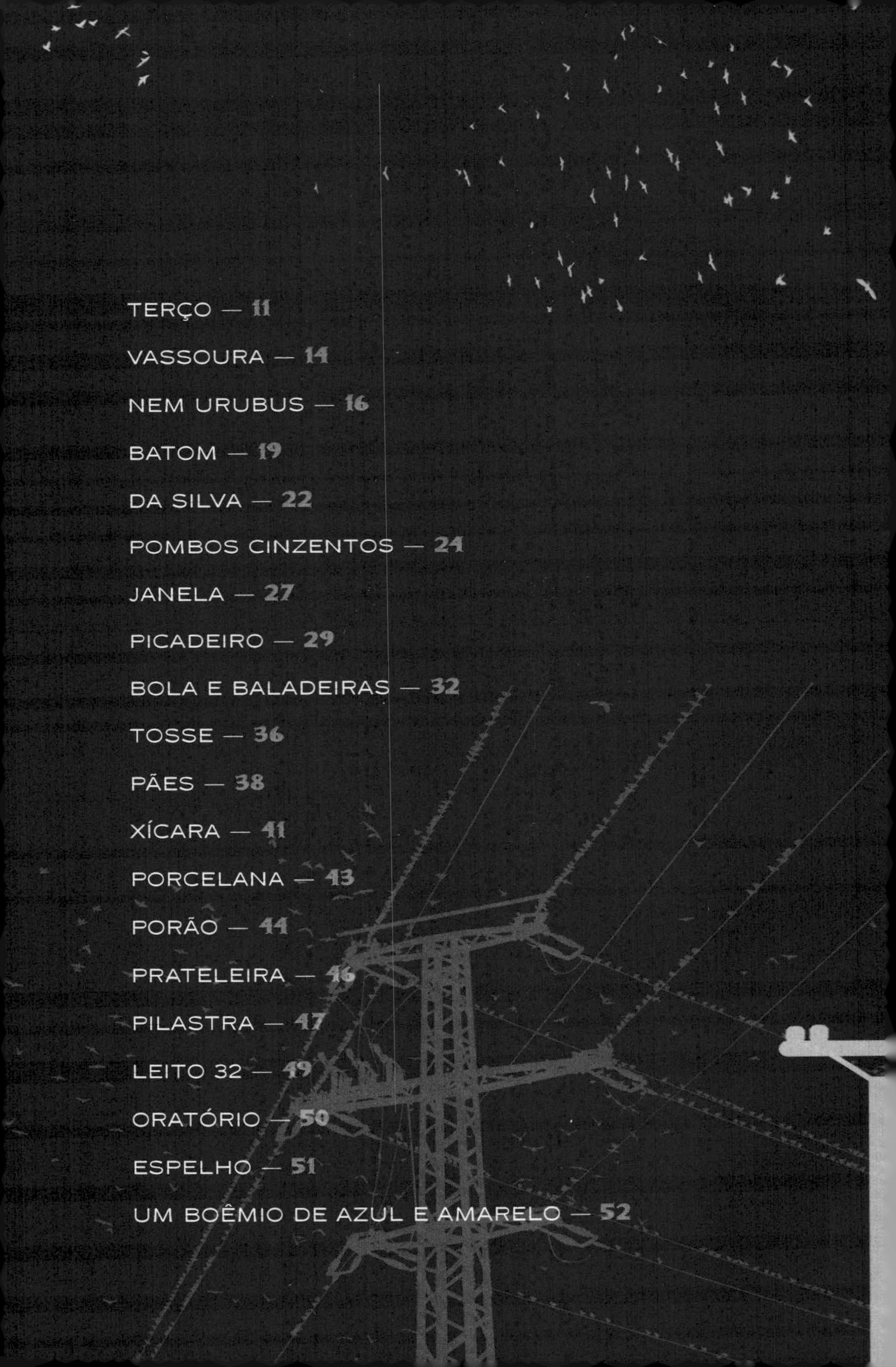

TERÇO — 11

VASSOURA — 14

NEM URUBUS — 16

BATOM — 19

DA SILVA — 22

POMBOS CINZENTOS — 24

JANELA — 27

PICADEIRO — 29

BOLA E BALADEIRAS — 32

TOSSE — 36

PÃES — 38

XÍCARA — 41

PORCELANA — 43

PORÃO — 44

PRATELEIRA — 46

PILASTRA — 47

LEITO 32 — 49

ORATÓRIO — 50

ESPELHO — 51

UM BOÊMIO DE AZUL E AMARELO — 52

CHITA FLORIDO — 55

LAMPARINA — 57

TEMPO É SENTIMENTO — 58

QUANDO SE TORNOU VELHO — 61

LIMPA-FOSSA — 63

GUARDA-CHUVA — 64

RELÓGIO — 66

FOTOGRAFIAS — 68

CRISTALEIRA — 70

FIGUEIRA — 71

CADÁVER — 73

RODOVIA — 74

RUA DA AMARGURA — 75

DAMA — 77

ÁLBUM — 78

UM LIVRO PRECIOSO — 79

COISAS DE UMA AGENDA — 81

TEM GENTE QUE... — 83

NOTA DO AUTOR — 85

TERÇO

Maria — o nome da graça — um nome típico das mulheres de garra e fé, configura também *a* Maria, aquela que todos a veem rezando na calçada ali, de mãos frias, magras e enrugadas segurando o seu terço. Arma contra as suas dores. Mas, algo se esconde entre as suas *ave-marias*, por trás daquelas íris negras, dos olhos fundos na face, do forte cheiro da nicotina e da voz grossa, *a* Maria, assim como a lua também, há uma face oculta que não ver ninguém.

A casa humilde, um altar na sala, o chão batido e o amargo café frio sobre a mesa, um ambiente silencioso, que já tinha visto mais alegrias e barulhos, agora é impregnado de relutas e saudades.

Veio da roça. Refugiada. Retirante. Imigrante da caatinga. Maranhada de fome e sede. Que restou somente a rede. O terço. Um bule. E um copo. Ninguém havia visto sua chegada, mas todos a viam na sua calçada. Rezando. Orando. Abençoando a quem lhe pedisse. Parecia esquecer de toda as batidas fortes em atropelo com suas memórias que o coração encaixotado no peito fazia, franzia a testa quando a angústia lhe abatia e escutava apenas um zunir que assoviava ao pé dos ouvidos, trazendo um vento vilão que arrastava as suas memórias, fazendo redemoinhos e empoeirando os retratos postos sob a estante da sala.

A reza lhe dava jeito, lhe dava desejo de ainda pestanejar, labutar naquela rotina, lhe era um esforço, um grande e mau colosso que é não se sentir parte de uma história, e sim intrusa na sua própria casa e na sua calçada. E somente o terço a livrava das incertezas da vida que tinha. Era entre os dedos maltratados, com um barro preto debaixo das unhas, que ela palpava o terço de madeira envernizado de gordura e suor dos dedos pelo tempo de uso, tantas vezes consultado como oráculo profético. Anos em rezas deprecativas, em alusão ao calvário, dividindo a dor, comparando-a com a dor da Maria mãe de seu Senhor.

Perdera o marido tão jovem e tão inocente, e o único filho que nascera de seu ventre, não vingou. O silêncio tortura *a* Maria, e as rezas recorrentes lhe são a fuga de seu algoz.

Na manhã pisoteada por uma momentânea saudade, as dúvidas e o mau gosto pela vida lhe fazia a vista falhar. O sinal da cruz sobre a testa, os lábios e o peito, lhe resguardava para mais um dia. Ao lado da rede garimpeira havia um tamborete que lhe servia de altar, expondo uma imagem de sua padroeira Nossa Senhora das Dores, com sete espadas transpassando o seu coração, lhe era cativo a imagem, aquela representação divina, lhe mantinha zelosa de sua ínfima vida, lhe era um tanto transigente. A Maria também era cravejada com as lâminas frias, lhe causando o marasmo, atrofia de sua espinha. Essa Maria era das dores também.

Depois de salientar as paredes, o piso, o teto e os retratos por sua casa, a calçada lhe aguardava. A rua ainda era posta em movimento, e ia se acordando uns e outros ao som de seu terço invocado, era a trombeta matinal de mais um dia. Enquanto o mantra era rezado, sua vizinha Francisca varria a calçada rasgando o chão com a vassoura de todas as manhãs. O velho Geraldo molhava o modesto canteiro da pracinha, tão perto de sua casa que Maria sentia o aroma das roseiras tão bem cuidadas por ele, e ouvia como de muito perto as traquinagens do Julinho e sua tropa, que sempre aprontam tão cedo quanto o troar de seu terço.

Sua vista comtemplava a vizinhança subordinada, com seus corpos bailando uns com os outros enquanto rezava. O motorista comia um pãozinho logo ali na padaria e uma dada Chiquinha passava beirando de longe. Com fome.

José, vizinho de longa data, do outro lado tossia, em atropelo à sua bênção, dada de graça aquela graça a Clarice e Vicente, jovens com a flor das paixões e desilusões amorosas, que a Maria se via a enxergar parte de sua história nos rostos juvenis – lembrou-se de seus júbilos.

Maria ao fim do mistério doloroso, deparou-se com a ignorância de Nonato que passou a ignorar o seu bom dia. Mas ainda teve tempo para se intrigar com Marta que nem lhe virava a vista ao ver o seu aceno com o terço na sua mão. Sua vizinha comtemplava a revoada de pombos cinzentos – que subiam a copa das árvores ritmicamente.

A praça da liberdade, onde não jaz tantas liberdades assim, nenhuma lhe caberia. Ali habitava muitas histórias, ali era ambiente de muitos sentimentos e segredos, é palco de encontro de vidas que transcendem umas às outras, mas que não se misturam, não se tocam e não se conversam, apenas acenos e bons-dias. A Maria, como os outros ali, lhe cabe um papel. O terço era acorrentado em suas mãos e o sol somente subiria ao céu, se ela rezasse, rezasse muito, como todos os dias.

Todos a viam como a Maria das rezas. Da fé. Mas ninguém conhecia a Maria das Dores. Das Saudades. Da Amargura. Da Solidão. Nem mesmo ela saberia mostrar o seu íntimo de tantas vezes escondê-lo, e que acabara penetrando profundamente na sua pele. Nos seus ossos. E se perdera no seu mais íntimo fluido. Essa era sua verdade.

VASSOURA

As cepas da vassoura já estavam desgastadas e bem assanhadas. Francisca varredoura da calçada, da rua, da estrada e da vida de muitos. Foi varrida também dos pés à cabeça, lhe tirando toda poeira causada pela angústia.

Velha. A boca já lhe faltava alguns dentes. Pobre. Era mais que notável sua condição. A começar pela casa fora de quadro e esquadro na rua, parecia que estava sendo escorada pelo muro do lado, e tudo que ela fazia era o que todos viam, varria a calçada e catava latinha.

Era uma catadora. De papelão, plástico, livros descartados e cartolina. Os dedos já estavam cortados pelo metal vacilante e os vidros encontrados. As luvas de proteção já se encontravam esburacadas e não protegiam mais sua mão. De repente, sentiu um cheiro bom que tomava conta das suas narinas, era tão familiar o aroma que sentia o sabor da carne em sua boca. Já tinha esquecido da última vez que deu mordidas na proteína assada. Tinha fome daquela carne e passou a retorcer o nariz para concentra-se no ofício. Pensava que se trabalhasse o bastante, isso bastaria para comprar um tasquinho da proteína e assá-lo.

Francisca tem os seus para alimentar e a casa para sustentar. Literalmente. Certa vez, durante uma chuva turbulenta, ficou em pé em cima da mesa segurando o teto pra não cair.

Ela usava um lenço, pedaço de bandeira de partidos políticos para cobrir os cabelos secos e malcheirosos que tinha. Não havia apego algum com a vaidade, a vida real não permitia tal privilégio. Só tinha a oferecer a cara carrancuda, açoitada pelo pesado fardo e que já levou muito de sua mocidade.

O pouco que ganhava na reciclagem dava para alimentar os seus e isso lhe era o suficiente e toda contente ela varria a calçada todos os dias.

Limpava a sujeira dos outros, de todos por aqui, e da rua, e do bairro, e na cidade. Nos lixões, nos conjuntos, no centro e no mercado. E na praça da liberdade pois lá também havia sujeiras. Transitava todos os dias, mas antes sempre deixava varrida a sua calçada pingada por pombos cinzentos. Só sabia agradecer e dar bom-dia e quem diria, Francisca varredoura, tudo varria de sua vida.

Todas as manhãs, Geraldo da Silva lhe era o primeiro a cumprimentar e toda sorridente, embrulhada de ternura saudava Maria das Rezas, isso com toda finura. Julinho lhe dava uma flor amarela toscana tirada do canteiro da praça, Chiquinha a fitava e Clarice a abraçava com calor de uma filha. Vicente logo arrancava um largo sorriso que lhe espreguiçava o esqueleto e os músculos da boca e do corpo e ficava parada com a vassoura de muleta, os olhos bem enrugados franzino a testa para poder enxergar os vizinhos em movimento.

A verdade é tão nobre para ela, já vivida e sem meios para se esconder. Todos viam sua verdade, mas não contada por ela, pois era tímida e tão vergonhosa de suas circunstâncias, que só quem é de fora a vê. Confissões involuntárias. Consegue entender quem é Francisca? Guerreira, catadora, gentil e contadora de muitas histórias vividas e achadas entre os restos dos humanos.

NEM URUBUS

Vive tantas dores e amarguras. Vê só a parte triste e feia da vida. E já não conhece mais a felicidade e o quanto a vida é bela. Não conhece mais o prazer de poder sorrir — nem sequer tem dentes para mostrar isso. As drogas e as bebidas servem-lhe como anti-inflamatórios, dão instantes de êxtases que se confunde com felicidade. Lhe põe em inconsciência de suas dores e da vida real. Dos rumos que ela tomou e suas consequências que agora colhe.

Sozinha e no frio. Chiquinha. Francisca Sousa. Idosa, mulher negra. Mãe. Filha. Irmã. Tia. E sobrinha também. Mas que agora é só Chiquinha. Usuária de drogas. Alcoólatra. Viciada. Sem teto. Só desdém. Fome e Solidão.

O corpo apoucado — magro —, os cabelos secos, grisalhos e quebrados. Os lábios carrancudos e rachados. Feridas abertas. Roupas sujas. E pensamentos desnudos. Pois fala o que pensa. O que quer. O que sente e é ela. Chiquinha. Ao averso. Literalmente. Pois é só no seu íntimo que jaz a Francisca mãe. Filha. Irmã. Tia. E sobrinha também. Emborcada para dentro e dentro de Chiquinha, abaixo da casca membranosa do corpo e da carne, sua alma ainda é pura e cheia de gracejos, das quais ela tem tanta saudade e a qual houve tanta liberdade. Reluta consigo mesmo. Em desespero e sem ajuda. Quer voltar a ser como antes — mesmo que tenha sido uma vida sem grandes emoções —, voltaria no tempo antes que se entregasse aos vícios e perdesse preciosos trinta anos.

Ali no banco, sua cama de todas as noites frias de agosto, nem urubus lhe querem bicar, pois nem eles se sentem atraídos com seu mau cheiro. Nem mesmo os pombos cinzentos lhe dão atenção. E disputa até os pães com o cão vira-lata da rua. A praça da liberdade, onde fica sua morada, lhe dá seus dons, lhe dá absolvição, mas não permite a água dos canteiros para dar-se aos banhos e o aroma das flores para impregnar a sua pele. É seu cativeiro, o banco, uma espécie de cela sem grades, teto e carcereiro.

Chiquinha começara sua via-sacra em curtos trechos da vida, onde se inclinou às drogas e às bebidas. Mas ela é tão ela, que chega assustar e repugnar os urubus, por não conseguir esconder nada. Pois sua "secretalidade" é apenas a Francisca no seu interior, e todos os seus segredos podem ser vistos. Ouvidos. E tocados. Suas podridões estavam expostas, à flor da pele, e nem seus olhos escondiam seus medos, e ali também estava perdida. Chiquinha era a única que não tinha o que esconder na penumbra da noite. Nem omitir aquilo que todos já viam.

A solidão lhe esfriava pele — pois a família perdeu a batalha e não quis começar uma guerra para salvá-la dali. Negligência ou desesperança. Ou simplesmente por Chiquinha não querer. Pensara eu daqui que aquele banco farpado não lhe causava dor alguma. Nem lhe alfinetava. Mas todos os que ali vivem, com seus dedos e olhares, estes sim, eram capazes de lhe ferir.

O sol se suspendia no céu quando o seu corpo despertava e os olhos contemplavam os pombos cinzentos — alimentados pelo velho Nonato —, ouvia-se o barulho da água que escorria entre as roseiras e babosas no canteiro da praça, e do outro lado, a outra Francisca lhe observava, segurando uma vassoura — parecia ter pena de Chiquinha – e ela revidava disfarçando a culpa, indo até a padaria tentar conseguir alguma migalha.

Clarice até lhe cumprimentava e Vicente lhe apontava o sorriso. Maria das Rezas suplicava a piedade para Chiquinha e Julinho lhe driblava com a sua bola quando José tossia alto, enquanto Marta lhe comia com os olhos.

A verdade. A sua verdade é que precisava de alguém para lutar por ela e com ela. E talvez a sua missão seria encontrar alguém de tamanha coragem e compaixão. Pena? Já teria de sobra nas suas costas, já tivera até a absolvição de seus pecados, não falava mais por si, não entendia o que significava a palavra que dava nome a sua morada.

A praça da liberdade lhe entregava de bandeja seus dons — que ela não saberia usar —, mas a Francisca do seu íntimo quer tanto libertar-se, que a praça se tornou seu refúgio e lar de todos os seus dias, pois era o mais perto que poderia ficar da liberdade. E até consumar tudo que ainda lhe resta, poucas moedas no bolso, poucos nutrientes no organismo, poucas energias e grandes sonhos de liberdade! Aos que ali embaixo vivem, por favor: a vejam, a lavem e a perfumem com as flores do canteiro.

BATOM

Os gemidos secos e forçados emolduravam seu rosto jovem e amargurado. Fingia sentir os espasmos dos orgasmos e olhava o letreiro pichado no muro que estampava: *"Liberdade"*.

Tudo ali, naquele beco escuro, na calada da noite fria de agosto, era muito bem ensaiado. As mesmas expressões e os mesmos toques sensualizados para satisfazê-los. Era um trabalho. Mal interpretado. Malvisto. Porém, desejado, um dos prazeres mais procurados, nas e também pelas redondezas.

Ela tinha fama, uma jovem formosa, de cabelos sedosos e lábios carnudos, dava seus encantos em troca de uma boa quantia e fazia o serviço completo com muito prazer ao pagante.

Era a fome voraz de homens de cores e formatos diferentes, que na cidade à luz do dia são peças convenientes, mas quando a penumbra da noite encobre os seus corpos, tornam-se pagadores de seus desejos promíscuos e vícios carnais.

Ela, cujo nome é intimamente conhecido por todos da praça da liberdade, onde tem nome, tem bons-dias e acenos todos as manhãs. Prostituía-se nas magras ruas. Becos. Vielas. Senzalas. Currais, em carruagens de metal. Na esquina. Em matagais. Em hotéis baratos e em construções inacabadas. Em cada canto deixava uma parte de si, um segredo

— que era segredo e nada mais — e que devia todos os dias escondê-lo e deixá-lo fora do alcance dos seus, fora do ambiente que habitava em frente daquela praça da liberdade.

A vida não poderia ser mais imprevisível e nua para ela, que a fizera ser aquilo. As circunstâncias talvez. Ou a escolha. Como uma droga. O vício. O prazer. Tornaram-se a fonte de sua renda mais preciosa e importante, para sustentar ela e os seus. No entanto, pensava que jamais poderiam saber de seu ofício noturno. De suas vestes decotadas. Do batom vermelho escarlate em seus lábios carnudos. Caso contrário, perderia o prestígio dos "bons-dias e acenos". Do respeito e da dignidade "padrão" instituída ali, onde não jaz tantas liberdades.

De Clarice sabe-se pouco, pois é muito pouco que se cabe saber, as suas dadivas já nos são de muita valia e é o que importava, ali na praça. Entende-se somente que os gracejos do sorriso que escapa de seus lábios carnudos, a polpa de perguntas, pois a sua finura de seu sorriso era o sinal de liberdade e paz. Durante as horas do dia, via-se Clarice ordinariamente passando da calçada à praça, cumprimentando toda a vizinhança. Os raios reluzentes do sol valorizavam seus cabelos longos e castanhos, clareavam também as sombras frias feitas pelas copas das árvores que bailavam com a ventania de mês de agosto; às vezes, ela parava por instantes para esquentar sua face.

Um vestido modesto e florido cobria seu corpo bem desenhado. Tinha um batom bege, na cor de sua pele, delicadamente sobre os seus lábios carnudos. Era sinal de sua mocidade frágil. Os cabelos densos e longos repousavam sobre os ombros estreitos, de modo que somente uma de suas faces ficava mais à mostra. Surgia ela entre o beco e muro da liberdade, dirigia-se ao mercado — fazer as compras, era o seu ofício daquela manhã — sorridente para todos, cumprimentada por vários.

Tipicamente via a senhora Francisca varrendo sua calçada, a tradição de todas as manhãs bem cedo, via logo o senhor Geraldo regando o pequeno canteiro da pracinha, que ficava em frente à sua modesta e verde casa. O Julinho e seus amigos ali brincavam sem limites, e não tinham controle algum de sua bola que pinotava entre os pés e as fachadas das casas ao redor da praça, todas as paredes marcadas com as bicudas dadas por eles.

O céu a tocava, era o terço de Maria que lhe abençoava quando passava por ela. E o ranzinza senhor Nonato, nunca respondia o seu bom-dia... Em correspondência, o sorriso largo de Vicente, o palhaço da vizinhança, a salvava por instantes, e antes que pudesse cumprimentá-lo à altura, o cãozinho vira-lata os abordavam freneticamente com o pão entre os caninos, carecendo um carinho que mudava suas ações.

Ela sabia o que as pessoas eram o que estavam dispostas a fazer por seus prazeres, mas não as julgavam, não poderia. Mas entendia que as pessoas amavam o escuro, amavam porque é no escuro que poderiam fazer o que quisessem, sem serem vistas. Era uma transmutação, que ela mesma fazia tão bem. E durante o dia, o mais prudente para sobreviver ali, é ser ela — como se apresenta — frágil e ingênua. Uma face que sustenta, acreditando fielmente na sua verdade. E quando a noite chegar, não muito longe dali ela será usufruída mais uma vez. Nos becos e vielas. Nas sombras e em sigilo.

DA SILVA

Plantar seu próprio jardim invés de esperar que alguém lhe traga flores, é isso que ele transmite indo todos os dias regar o canteiro da praça da liberdade, que tem aquelas amoreiras, mangueiras e rosas graças ao Geraldo da Silva, que planta o jardim para todos aqui. Mas que não ousa dar flor alguma a ninguém ali.

Nem os espinhos das roseiras lhe causava mais dor que o vandalismo de uns que arrancavam as rosas do canteiro. Eram suas filhas que cultivava com amor e com sentimento – para ele, elas o entendiam.

Fazia sol ou chuva, e ainda havia prazer para dar o melhor para elas. O perfume que as flores exalavam era de recompensa para ele.

Geraldo entendia que era de joelho no horto que toda sua vida de primícias e promessas lhe fazia sentido. Limpa as ervas daninhas e poda as pequenas flores. Até as mangueiras, com suas copas cabeleiras que dançam ao vento, regava e as salvava, arrancando-lhes as folhas secas e as lagartas que as devoravam. E por mais que fizesse diariamente aquele serviço com muito zelo e obstinação, Geraldo da Silva sempre refletia sobre a vida, e acreditava que tudo nela se resumia a cuidar daquele viridário, era a razão da sua existência. Estar na praça da Liberdade, as flores dele e ele da Silva.

Apesar das meditações sobre as coisas, não entendia a dor que sentia. E por algumas vezes, chegou a pensar no cessar da sua vida.

Mas o que ele escondia naquele regador de metal, de verde pintado e com flores decorado? Ali ele põe água, mas muitas vezes viu-se pôr suas lágrimas e enchê-lo até transbordá-lo.

Os marimbondos fizeram uma morada no seu mais belo mamoeiro, lhe deixando tristonho e repartido ao meio. Não queria desabrigá-los os pobres maribondos de carne, mesmo sendo uma raça arisca, que espanta com ferroadas os distraídos que queiram saborear o mamão. E de mãos atadas, Geraldo da Silva conversava com sua roseira pela sua falta de esperança que tinha.

Os médicos o alertaram de tão pouco tempo que ainda teria, o que fez sentir ainda mais dor ao pensar em deixar os canteiros sozinhos, olhava para a cruz da praça com carência de milagre e pedia perdão para a rosa que ele podava.

Nonato já estava ali quando ele proseava com suas margaridas, não demorou muito para que Francisca o cumprimentasse e Vicente que estampava um sorriso roubasse dele uma gargalhada que atropelava o José que tossia.

A reza de Maria lhe benzia naquele instante e o olhar profundo de Marta na janela lhe confundia. As traquinagens de Chiquinha com a baladeira de Julinho, que corriam atrás bola pela praça e a rua, disputavam espaço com o motorista e o casal de padeiros na padaria. Clarice lhe almejava com um lindo sorriso, quando o barulho dos sinos fazia os pombos cinzentos alçarem para o céu límpido acima da sua cabeça e ele pode sorrir fungando o ar fresco, mesmo entristecido pela sua partida.

A verdade é sua despedida, preocupava-se em deixar o viridário o mais lindo e apresentável possível. A verdade é tão sua cumplice que sempre optou em não a expor, mas apenas aquilo que era necessário, o perfume das roseiras e margaridas e um caloroso bom dia.

POMBOS CINZENTOS

A frustração era estar vivo. Tudo já haviam lhe tirado. A vida seria a sua proposta para a barganha que tanto almeja. Abandonado logo nesta idade — já velho e agora viúvo — nem ao menos aceita um bom-dia. Tão orgulhoso, teimoso e com rancor da vida.

O relógio mostrava seis horas e alguma coisa de minutos, quando se levantou da cama cheio de azedo na boca que o fez dar uma careta para o teto. Enfeitado de teias de aranha. Prostou-se no chão para pegar o penico debaixo da cama e despejar os dejetos no ralo da pia — tudo lhe fazia sentido —, quando vestia a calça de tecido Oxford, abotoava a camisa listrada e cobria a calvície com um chapéu marrom, apalpava a cabeceira da cama à procura de uma bengala para se equilibrar, lhe falhava a vista. Se dirigia com sua velocidade, sem pressa, a porta que abria de frente a praça da liberdade. Leva um saco de alpistes e cambaleava vagamente até o banco mais próximo, de preferência, o banco mais ensombrado possível.

Jogava ao chão da praça o alpiste que era bicado pelos pombos cinzentos que ali matinalmente apareciam. Esperando seu café da manhã. Nonato murmurava suas dores aos pombos que apenas retrucam com o arrulhar e olhadas esquivadas para ele. Depois da morte repentina de sua esposa, e do filho vítima de acidente, a vida lhe abatera de todas as formas, lhe subtraindo muita coisa. Lhe obrigando a não se apegar a ninguém e a nada. A não se importar. A não amar e criar laços com mais ninguém. A não ser com os pombos cinzentos que bicava seu chapéu, seus sapatos e de poleiro a sua bengala onde pousavam. Nada mais que um mutualismo, não lhe dava muito prazer sair de casa e ir à praça, mas já que de alpistes seu lar tinha bastante, devido ao grande apreço que sua esposa em vida tinha com os pombos, é que se sente agora moralmente ligado às aves.

Os pombos cinzentos eram as aves de sua dor, que lhe reconfortava, e por trás dos olhos de vidro, as lágrimas embolavam entre as rugas, e os trêmulos lábios eram abafados com uma mordida suave, engolindo o choro e a raiva que ele sentia por Deus. Pois ele o culpava pelas pessoas que tanto amava terem sido arrancadas de sua vida, deixando seu mundo cinzento.

Os primeiros raios do sol esquentavam os sinos da igreja que tilintavam, fazendo os pombos voarem naquele momento. A senhora Francisca varria os dejetos dos pombos espalhados na sua calçada, quando o senhor Geraldo abastecia o regador verde de metal com a água da torneira. Os padeiros atendiam os clientes e Nonato observava atentamente Maria rezando alto o seu último mistério do terço, antes dar a bênção para Vicente que atravessava a esquina em trocadilhos com Clarice, que passava na calçada.

Ele não respondia nenhum dos bons-dias. Nem mesmo o aceno de Marta na janela naquele dia. José tossia alto e o cachorro latia para Chiquinha ali perto do ônibus, ambos em busca de comida. Nonato olhou para a torre da igreja, murmurou algo impensável e que não cabe a mim repetir aquelas palavras para você.

Sua verdade. Não era uma simples verdade. Mas uma condição. Rejeição de si mesmo perante a vida. Pois poucos estão destinados a aprender desde cedo a dar adeus a quem se ama —tudo tem uma razão para ir —, e aqueles incompletos desse aprendizado serão abalados e derrubados. Nonato, de verdade. Não sabia qual era sua verdade. Aquele velho ranzinza fez o seu mundo parar e seu coração cessar as batidas, pedia a todo momento, em silêncio, logo a sua partida.

JANELA

Aquele sorriso rosado de Marta e a se falar dessa moça, que parecia insatisfeita com a vida que vivia, trajava um vestido amarelo toscana, que nem ela sabia que aquela cor tinha muito a ver com que se espera de quem a usa. Era muito mais daquilo que os moradores ao redor da praça poderiam ver e só viam em geral seu rosto moldurado em sua janela, doce e tão gentil que todos a queriam lhe ver, principalmente Julinho.

Há quem diga que toda flor existente nos canteiros daquela praça em frente à sua casa florescia instantaneamente quando Marta abria a janela! Ela era toscana demais, dava açúcar a toda fruta e sal para toda terra.

Oprimia o espírito de aventureira em boa parte do tempo, não frequentava a praça da liberdade, só dali de sua janela lhe era o suficiente, era espectadora dos vizinhos que se deleitavam nela e por ela passavam todas as manhãs. Marta vendia uma imagem como se fosse feita de porcelana, mas que escondia uma cabocla selvagem, era uma mulata! Nos seus cabelos acastanhados e ondulados, os piolhos nunca foi praga neles, longos e recaídos sobre os ombros leves e bem desenhados, com um pescoço longo e bem brotado, de rosto sereno, com sobrancelhas bem preenchidas e marcantes, e seus lábios eram maçantes e carnudos, formando uma mulher tão bela, que ninguém acreditava que num ambiente tão desprovido de beleza poderia habitar coisa bela como ela.

Mas Marta, aquela à qual nem ao padre confessou um deslize — um simples pecado vênia l— nem sequer levou flores ao funeral da vizinha, pois suas rosas do canteiro haviam murchado. Ela parou de cuidar delas, e só se interessa em estar na janela, contemplando a mesmas coisas e as cores, do azul cobalto ao amarelo toscana. Sentindo a brisa e observando aos que ali lhe dão os bons-dias.

Vive com seu esposo. Tratando dos afazeres domésticos durante o dia, enquanto ele trabalha fora. E Marta com a casa prontamente limpa. Sempre trancada, em frente a liberdade da praça.

Como todos ali, ela também omitia seu medo de expor. De gritar. Maltratada. Enclausurada. Presa sem julgamento e argumento. Violentada pelo marido que flameja fúria com odor de álcool, que logo bem cedo parte para o trabalho e exige pouca coisa. Nem ao menos toma o café preparado por ela, ou o pão feito pelas suas mãos. Dá espaço para o hábito de comer fora e volta para casa em busca de seu prazer de ostentar a mulher bela e explanar o "sucesso" de um casamento. Marta. Tão forte. Delicada. Mulher silenciada. Observada. Entediada.

De manhã abria sua janela, tão distante dos que moram ao lado, só enxergava Francisca limpando sua calçada, Geraldo encharcando o canteiro da pracinha, logo ali em frente. E via o aceno de Julinho que a fitava com aqueles olhos grandes que tinha, e escutava as rezas poderosas de Maria da sua janela.

Nonato, calado e ranzinza, nunca respondia os bons-dias. Vicente, o palhaço do bairro, a salvava por instantes lhe roubando um sorriso desajustado e fora de simetria da janela. Marta olhou para o seu naquele instante, como se fosse abraçar o mundo e vencê-lo, vencer as mentiras e abandonar aquele esconderijo. Era apenas um agradecimento a seu deus da sua forma – e fez um pedido a Deus, fez um que pudesse ser realizado. Não queria mais ser um pássaro enjaulado, precisava ir à praça da liberdade, talvez ali poderia se sentir mais viva.

PICADEIRO

Ele trabalhou no mesmo circo que o pai trabalhou até a moléstia lhe abater e ter lhe roubado o sorriso largo que nem mesmo a maquiagem era capaz de fazer. As gargalhadas deram lugar a tosses secas — sequelas dos tabacos fumados durante sua vida. Vicente cogitou continuar no circo, mas não poderia ir para os espetáculos viajando pelo país e deixar só aquele que o ensinou o picadeiro. O palhaço que habitava nele relutou, mas decidiu abandonar a trupe e começou a fazer da rua o seu circo, praças e calçadas e as feiras eram o lugar do picadeiro. Onde havia pessoas reunidas, era a hora da colheita dos sorrisos, o momento do espetáculo que o chamava para a missão, e tinha que dar o seu melhor. Pois precisava do dinheiro para manter a casa e o tratamento do seu pai já idoso, que de problemas pulmonares se encontrava.

Todos os dias uma batalha, um roteiro ensaiado, um itinerante à procura de pessoas. Na praça da liberdade. Na rua Jarbas Passarinho. Em frente à igreja matriz. Onde a sua vista e pernas ainda aguentavam levar o palhaço. Ele desfilava pelas ruas levando esse personagem gentil e cheio de gracejos.

Como todas as manhãs, antes de iniciar mais um de seus espetáculos, fazia questão de entrar na igreja e se dirigir até o altar. Pedia força para sustentar o peso da sua cruz, para poder carregá-la mais uma vez rumo ao calvário. Apalpava os bolsos em busca de algumas moedas e as depositava na urna sobre o altar, como se precisasse comprar algum direito para ser atendido, ouvido e ter fé.

Ali na praça da liberdade, em meio ao movimento frenético, o passadiço de pessoas de todas as idades, cores e tamanhos, fazia aquele lugar perfeito para o seu picadeiro itinerante. Alívio para as suas dores, confessava. Mas sempre ao despir o rosto da maquiagem, via a sua face, o que realmente ele era, sua aparência infame, fora de esquadro e não havia mais nada que pudesse ficar pior que aquela sensação de impotência e desprezo de si mesmo. Parecia desapegado de seus sonhos, mas moralmente ligado à missão de fingir que está tudo bem. O reflexo pobremente à sua frente era uma espécie de tortura para ele, mas era seu instrumento de trabalho e precisava sempre colocar um sorriso ali, uma máscara.

Batidas na porta sinalizava uma visita atípica, e ele ousou vestir o personagem cômico novamente, transmutou-se naquele em que se sentia seguro e figurou em seu rosto um largo sorriso nos lábios. O vermelho escarlate. O nariz arredondado. Uma caricatura do palhaço, que, intimamente distinto dele, ganhava vida. A dualidade de duas almas, dividindo o mesmo corpo.

Máscara no rosto, um beijo suave na testa em seu pai ao pedir sua bênção e ao sair logo na pracinha da liberdade, cumprimentava sempre as mesmas pessoas e via os mesmos sorrisos. Logo a senhora Francisca lhe dava bom-dia, varrendo sua calçada como em todas as manhãs anteriores àquele dia. O senhor Geraldo regava o canteiro da praça em frente sua casa, e logo dividia a atenção com o Julinho e sua galera traquina, que fazia peripécias na rua com bola e baladeiras. A senhora Maria, com seu terço na mão, rezava a novena diária e distribuía a sua bênção quando se passava por ela. Nem o seu melhor esforço e monumental sorriso cariado, fazia o senhor Nonato reponde-lhe... Ah!, a lindeza Clarice, a quem ele era apaixonado, lhe arrepiava os pelos de corpo.

Ela, que constantemente passava nas calçadas trocando o meio-fio pela rua ladrilhada, e voltava a subir na praça meio desconfiada, antes que se pudesse cumprimentá-la, o cão vira-lata roubava o espetáculo, balançando impacientemente o rabo, dando-lhes o seu bom-dia como de costume.

O motorista subia no ônibus para sua condução, quando o seu pão da padaria era roubado por Chiquinha, que fez mais barulho que a tosse de José na esquina. E Marta? Que fechava sua janela e a trancava sem nem dar bom-dia para a vizinhança...

É uma peregrinação, há uma cruz pesada degenerando o seu esqueleto. A alma agonizante e o desejo alto de poder cumprir sua missão. A praça da liberdade não lhe conferia a tal liberdade almejada e tão preciosa para poder viver sua trama. Nem um café ou doce da padaria lá na frente poderia lhe saciar a fome e a sede. Nem mesmo as ave-marias e pais-nossos rezados por ele no altar preenchiam o abismo profundo e engolidor de seu júbilo. Nem mesmo o padre poderia lhe dar absolvição de sua alma. Só o banco da praça que às vezes lhe abraçava, quando nele repousava.

Nem todo palhaço é feliz. É por isso que usam uma máscara no rosto, uma pintura para fazer as pessoas confiarem e acreditarem no que fazem, e mesmo que se tenha dias ruins, é preciso pintar um largo sorriso no rosto, e por trás da maquiagem, a sua vida permaneceria intocável e longe dos espectadores - deixa apenas o palhaço assumir o espetáculo, sem resistir. Apenas deixa-o caçar os sorrisos e transbordar a alegria para as pessoas, pois, do contrário, ele falharia na missão.

À noite, caminhado nas estreitas ruas desguarnecidas e silenciosas, o medo e o vento assoviavam nos seus ouvidos, o desventurado palhaço com um sorriso estampado desbotava a expressão de alegria, arrastava seu corpo colorido pelas ruas cinzentas, portador de sonhos e necessidades, taciturno por uma doença.

BOLA E BALADEIRAS

Otico-tico de uma matraca engasgada de tanto ser usada zunia ecoando e se aproximando da praça da liberdade. Era ele! Serelepe, franzino, negrinho torrado, de cabelos pixaim, cabeça maior que o corpo e travesso até demais pro seu tamanho. Logo cedo ele saia da sua toca, tem uma pele seca, dá cor de lama, de dia ou à noite, como um veado mateiro ou uma onça preta à espreita. Julinho fazia a festa naquele ambiente, sujando o azul cobalto e bebendo do amarelo toscana. Tinha quase 14 anos, e suas peripécias eram famosas naquela praça.

Senzalento! Era também o nome que ele respondia, com sua baladeira cangaia pendurada no pescoço, maior que sua caixa toráxica, era a sua arma de defesa contra o primeiro que se atrever a lhe meter um freio quando ele estiver aprontando.

Sua mãe Cissa sempre lhe cantarolava as maravilhas que a noite tem a oferecer e o que o dia de mau tem a ofertar, invertia os valores e o significado da escuridão de um breu, e passeava com ele sob a luz da lua e das estrelas entre as mangueiras da praça da liberdade e que dava a ele seus gracejos. Cantarolava as cantigas e lendas, as encurtava e as alongava, dizia que saci saia de dia, que a cuca comia crianças ao meio-dia, que o curupira atacava criança às nove da manhã, que a mãe d'água afogava durante toda a tarde os distraídos no riacho da mata e que o lobisomem só aparecia no sol muito cheio. Tudo isso pra ver se mantinha ele mais tempo em casa durante o dia. Mas Julinho tinha a imaginação correta das coisas, e a coisa mais sensata que ele sabia era que o sol clareava tudo e dava a tudo uma cor alegre e viva, do azul cobalto ao amarelo toscana.

À noite tudo é tão desbotado e negro, e isso o fazia ter fé que se ele ao sol de meio-dia aparecesse, poderia ficar branco igual o chapéu do senhor José, alvinho, alvinho, alvinho... Ele era a distração para se abrir um sorriso na boca quase desdentada do velho José, que o chamava de negrinho senzalento, tão cinzento por morar na casa de barro lá nas bandas de lá. Julinho às vezes era o alvo de pedras certeiras, atiradas pelos moleques maldosos que frequentavam aquela praça.

Certa vez, Julinho nem teve tempo para aprontar quando já foi repreendido pela mãe Cissa a se comportar. Ele sentou no último banco da praça e os olhos brancos miravam pra janela esperando o seu amor chegar. Marta vagarosamente aparecera na janela, com o peito estufado, e as pupilas dilatadas, a mão estava debruçada sobre a parte fria da janela e só viu de relance os olhos branquinhos de Julinho lhe contemplando.

—Bom dia, Julinho! —dizia ela sorridente, pareciam ser cumplices em todos os sentidos de uma amizade.

—Noite boa branquinha! — retribuía ele aconchegado naquele sorriso rosado de Marta.

Com sua bola que sempre anda rolando e dançando em seus pés descalços, já com as solas descascadas pelas ruas ásperas e o campo de futebol improvisado no calçamento de paralelepípedo da praça. Ele sempre estava em busca de companheiros para suas aventuras na praça da liberdade que parecia lhe dar o que tanto deseja. A liberdade com dose de ingenuidade e ser criança, pois ele era, e nada mais lhe cabia ser outra coisa.

Com cinzas nas canelas, característica típica de meninos da rua, Julinho tinha fôlego de um leão sedento para correr, um verdadeiro semeador de aventuras e traquinagens, de desventuras em série, um menino serelepe que todos tinham grande carinho. Mas ninguém poderia imaginar que atrás de toda aquela balbúrdia e da sua ingenuidade tentavam roubar o pouco da liberdade que conquistara ali, naquele reduto. Sua mãe, que trabalhava massivamente na coleta do mercado central, mal dava conta de si e dele. Cissa muitas noites contava apenas as lendas para alimentar Julinho e fazê-lo dormir sem comer nada, adormecê-lo para esquecer um pouco da fome. Mas doía, doía muito...

Quando manhã, saía de seu barraco, do campo de concentração dos sem-terra, pois não tinham com quem brincar ali, um capoeirão que um grupo de desvalidos sem-terra acharam por bem ali residir, como sua família. Lugar de nenhuma diversão, fazendo-o vir para a praça da liberdade, à procura de suas dádivas e um pão da padaria.

Com bicudas na bola seguia seu caminho, o andarilho que carrega pendurado no pescoço a baladeira usada para abater as lagartixas que encontrava nas paredes abandonadas de uma futura escola. Às vezes, nem mesmo ele ia para alguma. Às vezes, lhe faltava o que vestir, o que comer. E lhe era carente a segurança que é tão necessária. Vulnerável ao mal que permeia em todos os cantos. Julinho quer ser criança e nada mais lhe caberia ser outra coisa.

Naquela manhã, antes que Marta fechasse a janela, Julinho chutou sua bola que atingiu a sua porta trancada, —p roduzindo um barulho estrondoso— e a esfera de coro, já toda remendada, era ricocheteada para seus pés. Vicente lhe acenava com uma das mãos enquanto acariciava o cão vira-lata e Maria das Rezas lhe dava a bênção com o sinal da cruz. Ele andava sem camisa, buscando sempre gastar uma energia infinita que tinha, e fez certa vez, com muito zelo e bom gosto, aquele balanço debaixo da sombra fria de uma mangueira da praça. E sempre dava uma balanços nele, subia na mangueira e chupava a manga direto no pé.

Costumeiramente, driblava Chiquinha na rua que havia lhe desafiado em uma jogada e de um chute bem forte atingiu o regador de Geraldo da Silva, que pedia mais cuidado do jogador ao ser ajudado por Francisca enquanto a calçada varria.

O menino empunhou a baladeira e esticou o soro para derrubar o gato que repousava no telhado da casa de seu José, o velho logo começou a tossir pelo susto ao ouvir o zunir da pedra que passava raspando nos pombos cinzentos e nem mesmo aquela beleza de Clarice fizera Julinho parar de chutar a sua bola.

Existe naquele lugar a liberdade para suas brincadeiras e peripécias, o menino negrinho das bandas de lá, que traz consigo a ingenuidade e a ânsia de vencer o mundo, é o melhor atirador de baladeira e o jogador mais caro do bairro, que usa a praça da liberdade como campo de sua atuação, e ele quer ser criança e nada mais lhe caberia ser outra coisa.

TOSSE

Tudo para ele era aquilo que sua vista podia alcançar. A praça da liberdade, o sinal e só até o fim da rua, tudo visto de sua calçada. Nunca tivera uma aula sequer na escola. Nem ao menos chegou a entrar em uma. Mas tudo que ele sabia faltava até nos instruídos, que lhe pediam conselhos sobre a vida. O velho das tosses secas tinha muito o que ensinar.

Sua história começa bem antes da reforma dessa igreja matriz, esses sinos que agora tilintam nem existiam quando ele veio para cá. Do semiárido nordestino, sua pele é árida, casca áspera pelo tempo, e que já vira muita coisa nesse mundo, coisas que muitos não gostariam de ter visto.

Forte e vigiado pelos seus orixás. De camisa branca. Peito largo e de sincretismo religioso. Cada divindade era o seu escudo contra as impurezas da vida. Pai de muitos, até daqueles que não o conhecem, sua tosse moribunda espantava toda dor e mácula do seu corpo corpulento. Mas o que ele escondia atrás daquela barbicha grisalha? Dos olhos negros e de toda aquela risada esganiçada tão equivocada pelas crianças dali?

Fugitivo. Ele é fugido de seus medos e dos crimes que cometeu. Além de ter descumprido a lei, infringiu em seu próprio corpo as marcas de um julgamento sem juiz. Capoeirista na juventude, salvo das ruas pela arte da luta, e que em roda de capoeira que sempre estava a inimizade acompanhava a sua pele negra como filho indigente dessa vida.

Seus olhos puderam ver a crueldade do homem, suas mãos praticaram o que Caim havia feito. E nem o nome a qual foi batizado poderia usar novamente. José, agora como o chamam, contemplava a todos da sua calçada, e sempre dava os seus bons-dias tossindo – já havia usado muita nicotina.

Sinto que seu coração é arrependido de seus atos. E além do sentimento de repulsa de si mesmo, ele infligia a si o forte desejo de não revelar e se entregar à justiça dos homens. De muito longe viera. Foragido de tantos anos que nenhum daqui tem ciência de sua origem.

Francisca varria sua calçada e tristemente Marta lhe olhava, quando Julinho chutava sua bola e sua tosse despertava. Clarice lhe dava bom-dia, limpando sua vista. Vicente para ele sorria quando a Maria lhe acenava e mesmo com o latido do cão, Chiquinha não se assustava, franzindo a testa para ele, que entregava o regador a Geraldo da Silva.

Os sinos tilintavam e os pombos em bando o seu voo alçavam depois dos alpistes de Nonato acabarem, e nem mesmo os urubus que ali pairavam traziam sua carta de absolvição. Tampouco a liberdade para poder ir à praça da liberdade, logo ali, à sua frente, tão perto dele e que nunca ousou frequentar.

Sua verdade era a confissão que não poderia confessar. Só sabe transbordar sua fé. Sua malícia nas palavras tão sábias e tão vividas, e se ali soubessem da verdade, talvez ninguém conselho algum lhe pediria.

José disfarçava tão bem que chega a tossir, pois as palavras que deveria pôr a fora engolia tão rapidamente que o fazia engasgar com a verdade, e tossia os fiascos da sua história escondida.

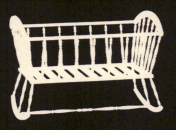

PÃES

O pão de cada dia que para muitos é uma sina, é feito pelas mãos dos padeiros. Alimentando os que ali comiam e residiam nos arredores da praça da liberdade, desde o motorista até o palhaço itinerante.

O fubá e o pão de queijo eram oferendas para o deus-tempo. Que comia para reger aquele lugar. Acordaram logo na madrugada para preparar a massa dos pães, o fermento na medida certa e o forno preaquecido para assar os pães, que assavam lentamente, salpicados de açúcar e molhados com pinceladas de manteiga, é o ofício de todos os dias do casal carismático que trata a todos tão bem, que até mesmo me impressiona. Nome não vou lhes dar. Seria individualizar suas histórias. Limitá-las a um simples par de nomes. Mas eles são os padeiros, que já são velhos e têm a personalidade dos gentis por aí.

Ela é mais baixa em estatura que ele, que de bigode entendia bem, sem contar a estranha verruga na sua orelha e os longos cabelos grisalhos que ela tem. Ninguém ali já viu o casal discutir, não havia motivos para tal alarde entre os dois, as suas histórias são tão transparentes que, na verdade, o que é aparente é aquilo que realmente eles querem mostrar, e são.

Se esforçam para transbordar sempre a felicidade, mesmo que para eles ela seja algo tão inacessível, e que poderiam encontrar em um sorriso de uma criança. Eles não tiveram filhos. E é sentido que é isso que tanto desejaram. Pois os seus corações se esquentam quando se tem uma criança comprando os sonhos e sonhando com eles.

Um filho de seu ventre ela não poderia mais gerar, a idade já lhe dera uma sentença. Nem ele poderia de bola brincar com o filho que ele imagina em seus sonhos. A maternidade tão desejada dela lhe fazia tão só e amparada pelo desejo da paternidade dele, que tão sozinho era reconfortado pela companheira. Ancorados no mesmo cais. Aguardando a primeira maré alta, que lhe traria um bebê a bordo. Pois muitos doces já tinham sido feitos para alimentar de doçura o filho que eles não têm.

Aquela padaria, herança de família. Carece de criança e isso nem se discutia. Ela ensaiou tão bem que até teve berço, quartinho bem colorido lá nos fundos, paredes pintadas de azul cobalto e lençóis de cama em amarelo toscana, bem suave, o berçário da criança que perdera há muitos anos de uma gravidez complicada, e mesmo depois disso, nem uma outra vez pôde ser abençoada.

Não mãe que vê em cada criança um pedaço do seu bebê. O não pai, preparado para todas as brincadeiras que vê em cada traquinagem das crianças, as peripécias do seu bebê. Houve o momento que precisaram abrir mão desse sonho, uma das decisões mais difíceis que já tomaram. A esperança que tinham deu lugar ao sentimento de frustração e a tristeza também ganhou espaço na vida dos dois.

Eles vivem em uma espécie de luto. Tão doces. E nem uma criança ainda usufruiu totalmente desses dons. Os padeiros não têm história menos dolorosa e nem mais dolorida que os demais em volta da igreja. Sempre que se levanta o portão da padaria, já saltava para dentro o motorista da condução, saudando-os com seu bom-dia e Maria das Rezas também adentrava para comprar o pão. Os padeiros chamavam Julinho pra saborear o bolo de fubá com um largo sorriso e já ouviam Chiquinha suplicar os pães que dormiram nas estufas. Francisca estampava um sorriso que se completava com a sua vassoura em mão, e Marta fechava a janela, sem ir comprar seu pão.

O senhor Geraldo, regando o canteiro da praça, gritava aos padeiros que já ia tomar o seu cafezinho por lá. Vicente trocava a calçada da praça para ir à padaria, quando Clarice sorridente o acenava. Os latidos do cãozinho já sinalizavam a vontade de ganhar um pedaço de salame.

Os padeiros sensibilizados entregavam a Chiquinha os pães por ela desejados e Nonato ignorava o pedaço de bolo de cenoura hasteado nas mãos do padeiro que o chamava. A tosse repentina de José era abafada com as gargalhadas da vizinhança ao ouvirem uma piada de Vicente na porta da padaria. Após as cenas de confraternização, o clímax acontecia na praça da liberdade, quando os sinos tocavam para dar início às suas vias-sacras, lodo depois do pão de cada dia, é claro.

XÍCARA

Para ele, a fria decisão de ser quem é ainda é algo distante, mas tão urgentemente necessário. Fez um café para meter goela abaixo enquanto via diante de si uma parede mal pintada de amarelo toscana e uma TV de tubo que transmitia um programa de receitas. A realidade ali é uma dimensão própria de desajuste com a vida. Nem ele, nem o Xiau, gato bigodudo que cria, entendiam bem que atmosfera ali existia. O couro da poltrona marrom, descascada e afundada no meio, onde sua buzanfa estava assentada. Peidos ficavam presos entre a calça e o revestimento. A idade confessava-lhes seus dons, seus prós e contras. Confessava-lhe que ele não vivera uma vida genuína, que ele não soube.

A receita entregue pelo cozinheiro na TV lhe fazia encher a boca de água. O silêncio frio, a calmaria da sala onde muita luz entrava pela janela, retângulo alto e largo, cortinado de panos brancos, que já estavam amarelados. Bailavam com a brisa pacífica de ares distantes e se misturava com as baforadas do cachimbo que fumegava. O tempo acelerou para ele, e o emaranhado de saudades e arrependimentos o fazia a todo instante zangar-se consigo mesmo.

Não viveu o queria viver, fez a vontade dos outros e perdeu o tempo que poderia estar ali, na tv, dando receitas para os outros como ele. Os óculos de lentes vencidas e amareladas lhe entregavam imagens poucas nítidas. A caneca de café com um furinho na alça deixava escorrer de gota em gota o café amargo. O açúcar havia acabado.

Confessava-se a si mesmo os momentos de ensejos não usados a seu favor. Mediocridade. Não encontrou o amor porque não o confessou. Não aprendeu a cozinhar porque não confessou que não sabia cozinhar. Restou o sentimento frio, magro de fome, por isso assistia a um programa de culinária.

É destino certo se não confessar. Uma vida de poucos bocados, de poucos sabores e cores. Silenciosa. Com um gato chamado Xiau, e uma xícara furada na asa que estrói o café amargo.

PORCELANA

Pasmem, a velha porcelana sobre a mesa era posta. Um porcelanato de prato lascado nos beiços de cor azul cobalto. A luz amarelada do lustre preso ao teto, mobília velha, mórbida, não confessada. Ela, pondo os copos e talheres, calada, murmurava para dentro os desgostos, os atos que lhe faltaram confessar e que domingo na missa não disse.

Buscou os lenços e a travessa de torta, esperava a visita de alguns parentes distantes, que não tem apreço, mas convida para não dá aparecer isso. Os retratos pendurados na parede branca da sala de jantar de forro de lambril eram retratos calados que também não confessavam.

As rugas lhe impediam as expressões, as emoções benéficas. Tivera zelo para com o jantar. Mas com sua vida não. A jarra de suco de limão sobre a mesa, o arroz parboilizado e um feijão grulinho de caldo fino. Triste.

Ela contava os talheres, os copos e as porcelanas velhas, ensaiava o abrir da porta e como dar boas-vindas à sua casa. Mirava-se para seu reflexo no espelho no corredor da cozinha, com um vinho barato na mão. E confessada somente ao reflexo, a campainha toca e é chegada a hora das cenas ensaiadas.

PORÃO

O escárnio que havia sido proliferado naquele ambiente de bastante desuso era orquestrado pelos farfalhos dos morcegos abrigados ao teto, daquele ambiente de desuso.

Era seu porão. Frio, escuro e imenso. Cabia-lhe toda tralha, toda mácula e não o limpava de jeito algum. Descia ali com gosto de enxergar um pouco do que havia dentro de si. Um porão.

Do subsolo da morada via as entranhas da casa. Canos, fios, paredes não rebocadas. Desceu ali para fumar um cachimbo enquanto sentia aquele espaço – escuro, vazio e imenso – lhe tornar um pouco mais miúdo. Por vezes até maior que aquele recinto vasto e negro que é o seu porão.

Estava ele ali, parado na entrada, e a pouca luz que adentrava pela porta aberta por ele não era suficiente para iluminar todo o piso do local. Ele se sentia tão íntimo do porão que assumira sua predileção ao cômodo dentre todos da casa. Pois o mesmo lhe dava alívio de poder despejar suas tralhas invisíveis.

Ali cabe tudo. Menos uma coisa que constantemente tenta deixar por lá, naquela escuridão do ambiente em desuso. Deseja largar-se por lá para que fosse sucumbido por ele, o porão. Mas nem ali havia espaço para seu pecado maior, a mediocridade. O mesmo não se largava do seu corpo como tecido branco encardido por nódoa de caju. E ele nem do tabaco que fumava no cachimbo.

Era tão lamentável aquela sensação derradeira que ele sentia, das confissões não confessadas, que se fez proliferar as mediocridades de uma vida em um porão.

PRATELEIRA

Vida seca. Os livros nunca lidos na prateleira, tinham páginas coladas umas às outras, selando palavras e a vontade de serem lidas. A prateleira mocada pelo peso das capas duras das edições impressas dos clássicos da literatura brasileira, um cemitério literário dele que não confessou antes que o tempo selasse seu destino. Antes que tivesse tempo de ler todo aquele panteão de escritores.

A velha escrivaninha era abarrotada de manuscritos velhos, cartas não enviadas, textos salvíficos que jamais foram lidos. Ele era um escritor que não respeitava o seu ofício. Nunca foi lido nem pelos amores aos quais ele escrevera. Por não confessar, não viveu tais amores, tais paixões. Tudo não passou de ilusões. Buscou apenas viver o amor sozinho, fonte de inspiração para a sua escrita. Mas já estava cansado, carrancudo, de alma colada, fechada como as páginas dos livros, com vontade de ser lido.

A fumaça do cigarro, as baforadas sobre certas cartas dais quais tem mais zelo que sua própria vida. Amarguras de um enredo ao qual não assumiu a verdade, posto para ele em toda ocasião.

O ambiente estava impregnado de solidão. Os calendários de anos passados, a vasta coleção de moedas, cédulas e selos, de encontro com a estantezinha de livros quase ao chão com tanto peso. E ainda se pergunta onde houve erro, negligência, omissão.

PILASTRA

Mentir é falar a verdade. Acredita nisso sem saber. A sua aparência fedida, preta e pobre, já lhe dizia tudo nessa vida. Já lhe determinava o começo, meio e fim da vida. Recebia a mediocridade dos olhares que por ela passavam. Abandonada pelos dons da liberdade e do amor. Abandonada pelo desejo de compaixão, não vista e calada nas vielas daquele bairro periférico.

De mãos atadas, abraça-se a uma pilastra da ponte, seu cais seguro, lar e local de tortura. Olha os transeuntes das ruas, que passam bem-vestidos e exalam bons e caros perfumes.

Mas vacilou onde? Perdeu os privilégios quando? Confessou a si mesmo, mas suas confissões não eram vistas e nem ouvidas. Às margens de um abandono constante dos outros, que a veem e enxergam suas misérias e correm longe, ao pensarem que aquilo que veem agarrada à pilastra são os seus reflexos. Confissão que estremece.

Tem uma linguagem bem pobre, sabia poucos adjetivos e conjugava quase nenhum verbo.

— Dá pra mim um pouco dessas tuas palavras!

Reivindicava olhando para um dicionário fechado junto aos sacos de lixo na calçada. Tinha sofrido a violência urbana, excluída da participação e eliminada do processo de educação formal. Sentou-se ao lado das porcarias – era o chão

–, e passou a enamorar o dicionário jogado ali. Colocava as mãos na cabeça em sinal de dor e expressava fome.

Pobre de nutrientes, necessitada de palavras, pois poucos verbos sabia e talvez não tivesse conhecimento de que os míseros vocábulos que falava eram verbos ou não.

Virava o pescoço para os lados, procurando algum meio de aprender, nem que seja uma oração que descreva a desvalia dada às palavras jogadas ao lixo.

— Tem o que nesse cardápio? — retrucou consigo pegando o livrinho em mão, ansiando encontrar algo saboroso em seu interior.

Juntava as letras e lia vagorosamente os verbetes, encontrando os significados e, alimentando-se, matava uma de suas fomes.

Ela é de vida de relutas e sobrevivências. Não há esperança de promoção de cargo no emprego, já que não tem. Não há escolha de um prato de um cardápio, pois não há menu algum para ela. Há apenas o sentimento de impotência, confundindo-se com o desalento. Ela confessa, mas ninguém se interessa por suas confissões.

LEITO 32

Não deu de si. Não souber doar. Não entendia que para receber precisa dar-se. Amor e paciência. Contempla agora as grades de uma prisão-per-pétala. Daquelas que se assemelham às pétalas da flor de cor amarelo toscana. E elas estavam murchas em um jarro ao lado da cama metálica, ninguém veio trocá-las.

As necessidades moribundas feitas a pé da cama. Vômitos. Palavras vomitadas, dais quais não as confessou. Agora aperta o peito naquele quarto de hospital, sua vida sendo terminalmente segurada e estendida pelas intervenções dos enfermeiros, médicos e medicamentos. Apesar da hora marcada para sua partida, parte de si não queria deixar esta matéria.

No leito 32 ninguém jazia sua cama, a não ser a luz branca do teto que deixava seu astigmatismo pior a cada segundo. A velhice lhe abatera e as doenças vindas da idade e de uma jornada longa lhe queria vencer, mas ele ainda se mantinha respirando, inconformado consigo mesmo.

No leito 32 a confissão não seria tardia. O materialismo agarrado por ele durante sua vida afastou-lhe das pessoas mais importantes para ele, que poderiam estar ali, de sentinelas ou ao menos na capela rezando por sua absolvição. A ambição desgastou suas relações e não deu zelo ao amor. Agora seus últimos suspiros são de dor e não de esperança de sair do leito.

ORATÓRIO

As lágrimas a denunciaram; nunca teve efeito de chorar, mesmo estando sozinha. Aquela sensação gélida que permeia seu corpo, calafrios involuntários de um medo subsequente. Buscava dentro de si sentimento bom para dar. Revirava as vísceras, entre o cérebro e o cerebelo, apalpava com as palmas das mãos vendo os traços, buscando desvendar o futuro, e o fim nas linhas tortuosas.

Procurou nas linhas os segredos não confessados e o fim misterioso que tivera seus amores. Estava ali, diante do oratório, entre as rezas e as dúvidas, vislumbrando os olhos frios de uma estátua que tinha certeza de que sabia de suas confissões. A única coisa que não poderia falar a motivou a ter a coragem de confessar.

Os joelhos dobrados prendiam o sangue das pernas, as varizes se dilatavam enquanto a reza estava iniciando. Pedir era mais do que necessário para ela, de renda sobre a cabeça, tradição herdada da mãe. Cabisbaixa, murmurava as fórmulas divinas de contrição. Mas algo faltava e sentia isso com muito incomodo, mais do que a dor que sentia nos joelhos. A deixava inquieta. E tinha tudo a ver com sua falta de confissão. Ela sabia.

ESPELHO

Oprimido de forma tão gentil, mal pôde perceber que fora silenciado. A liberdade é ilusão. A verdade, utopia. Para ele um artefato quebrado ainda tem utilidade, ainda tem uma função. Remenda-se e pronto. Não se despeja aquela TV velha, a vassoura quebrada, o armário desmanchando-se, a xícara furada na alça ou a panela sem alça. Não se despeja. Não se joga fora coisa alguma que ainda pode ter utilidade. Encontra-se nova função para tal.

Mas ousou, e o amor, usado por ele, despejou da sua vida. Os sonhos fracassados, jogou para fora. Ele expulsou de si as verdades para viver reciclando o mal da mentira e da utopia de liberdade.

Estava ele, parado ali, de frente para si refletido no espelho do banheiro. Fungava profundamente a mediocridade da sua existência não confessada. Expulsou tanto de si que não restava nada a ser reutilizado. Nada além de uma pasta de creme dental e uma escova de dentes para lavar a boca. Lavar aquela vala.

Decidiu ser assim. Cobrou-se tanto de si, que não tem nada mais a doar. Uma vida sem sabor algum, sem razão que determine seu valor diante da vida. E só sabe contemplar aquele rosto apático, sem muitas feições a admirar, apenas a mesmice de alguém que não reciclou.

UM BOÊMIO DE AZUL E AMARELO

Nesse dia tomou um banho quente, como nunca havia tomado antes daquele dia. Esfregou bem a parte de trás das orelhas, escovou divinamente bem a sola dos pés e certos lugares onde o sol não esquenta. Era uma lavagem bem dada que só se dá uma vez na vida, pois somente uma vez temos a disposição de tomar um banho de verdade. Se você ainda não teve um banho de arder a pele após tanto esfrega-esfrega, significa que ainda não chegou o seu momento.

Ele tinha um encontro entre o azul cobalto e o amarelo toscana na praça da liberdade. Ele passou a portar as duas cores e a também segurar um buquê de flores, quase murchas, eram amarelas como o sol da toscana. Ele estava na prévia do encontro, com alguém que ainda não estava ali para lhe salvar do silêncio e da inquietação, parecia ansioso, era dia de ver o amor que encontrou por aí. Como já dizia Drummond: "Amor foge a dicionários e a regulamentos vários". Não tem idade, pré-requisito, podia amar e pronto. Ao acaso do destino, se conheceram ali, entre os sorvetes e algodões-doces, carro de bebê, choro de criança.

Nem reparou o reumatismo ao calçar o sapato bico de ferro, ao trajar-se em um terno cinza e pôr sobre a cabeça o seu chapéu panamá, exalava um perfume amadeirado e de acessório um relógio que às vezes o fazia duvidar se ainda funcionava, pois contava mais vagamente os minutos e dava quase oito daquela noite.

O romântico de gravata azul cobalto era cavalheiro de natureza nobre, pensava logo nas poesias para a enamorada que aguardava. Poderia ser chamado de trovador e conquistador; esperou por tanto tempo viver o amor, que a expectativa lhe era suporte para qualquer coisa que se deparasse, de pertencer a alguém e alguém lhe pertencer.

Ele beliscou a rosa amarela toscana, afrouxou a gravata azul cobalto e passou o lenço na testa suada. Via ali na praça muitos transeuntes, vozes e movimentos calorosos dos jovens e alguns casais que namoravam em cada banco. E onde estaria sua dama, que conhecera há pouco tempo naquela mesma praça que agora pensa ser de desencontros? É um desatino! E não importava os cumprimentos recebidos aquela noite à espera, sentiu pena de si mesmo.

Fez um último ajuste na gravata azul cobalto e nas flores amarelas toscana, para resolver deixá-las no banco da praça e partir passando entre os enamorados – naquele momento se sentiu vencido. Passava olhando ao redor, ainda na esperança de poder ver quem estava à espera. Não importava ter usado sua melhor cor na gravata, nem mesmo as flores compradas com muito zelo. Havia uma sensação mórbida com ele, e quando passava entre os enamorados na praça, diminuía um pouco dos seus amores, mendigava deles o amor e sentiu novamente ter sido vencido por ele.

Toda alegria do mundo poderia encontrar, quem sabe sentir tudo e poder suportar, quem sabe cabe em si mesmo a fé. Pois tudo que ele era é fruto de amar. Acreditar no que for existir, naquele sentimento pálido a ponto de gritar. Quem sabe se pode permitir, mas jamais mentir sobre amar. Quem poderá deixar de falar? Quem irá sortear seu triunfo por amar e saber mais doar? Quem terá a coragem de negar? Quem suporta esconder o amor? Cambaleando entre os gracejos e beijos dos casais alojados na praça, repensava cabisbaixo sobre a crença de viver um amor.

É um desafio silencioso e cruel, é angústia seguida de dor. Quanta fé em si mesmo esse boêmio poderá ter, quanto sangue frio terá esse acalentado de dor viver. Aquela noite de amor se contorce e a lua de pena e dor se parte. E dela, a amada, quem dera a reciprocidade deparar, o recíproco amor dos corações despertarem. Um irá se salvar, apenas alguém será poupado, e aquele boêmio ainda irá suportar a sina de amar sem ser amado. O único que se vestirá de azul cobalto e trará as flores em amarelo toscana à praça.

CHITA FLORIDO

Ela estava sentindo fascínio por aquele gato depositado no seu vestido de chita florido, que usava como manto para pegar um sol, no que pensava ser a sua varanda. Ela o vestia porque lembrava da textura do tecido ao tocá-lo e assim ser a coisa mais familiar para ela; já o gato, vinha como acessório amparado no seu colo, pensava que poderia ser o seu, esquecera e lembrava dele e voltava a esquecer novamente do bichano. Era vítima do mal de Alzheimer que desbotou muito de sua história.

O sentimento de perda era o que constantemente sentia. Relutava com suas próprias memórias vasculhando nelas alguma lembrança de quem poderia ser e porque estava ali, com aquele gato e aquele vestido de chita florido em uma cadeira de balanço em frente a uma praça da liberdade.

Há quem acredite em milagres, há quem saiba guardar a fé para lembrar dos sonhos. Ela é dessas, mas não lembrava disso. Assim como eu, ela contemplava a praça que exalava liberdade, era seu cais de reflexão, tentando descobrir quem era que estava ali, residindo no seu corpo pois o estranhava.

As mãos tremulas usava para pentear seus cabelos grisalhos e enquanto pensava, alguns dali acenavam para ela que gentilmente revidava com um sorriso que não mostrava os dentes. Ajeitava seu agasalho e o gato sobre o seu colo, o vento incessante lhe causava calafrios naquela manhã e se assustou com o barulho dos sinos da igreja. Esticou a vista para a torre e procurava saber o que era, fugiu da memória qual a utilidade daquilo.

Teve um momento que expulsou o gato do seu colo com certo nojo do pobre animal, o estranhou, e gemeu feito uma criança quando se tem medo. A velha não ditava palavra alguma, resmungava e murmurava para si alguns sons, cantigas que iam surgindo das lembranças que não sabia que estavam ali. Mas ia cantarolando e um sorriso escapou do canto da boca.

— Lembrei!

Quis se levantar para se aproximar do portãozinho da varanda, chegar mais perto da praça que lhe era familiar. Já esteve por aqui, nesses bancos, tinha certeza. Viver perdendo memórias, objetos, cheiros e sabores é difícil descrever. É uma doença cruel, esquecer dá própria liberdade, esquecer quem é, não saber que está ali ou que já esteve. Sentia muita frustração olhando para a praça, lutando para se encontrar na liberdade dela.

LAMPARINA

A casa sem reboco, de piso batido e o cheiro do barro molhado, era clareada pelas lamparinas a querosene. Ali, no ambiente pouco iluminado à noite, agonizava por bom tempo aquele cuja maior traição de si mesmo foi não ter confessado. Reproduziu as verdades dos outros. Não viveu as próprias verdades. Viveu suas iniquidades.

Agora, na pequena e pobre casa, sem reboco e de piso batido com um churrim ao pé da porta, seu guarda das noites tenebrosas. Escureceu-se tão nebulosamente, que a luz da lamparina iluminava pouco dentro dele.

Segurava o objeto procurando algo dentro da casa. Os fósforos. Já havia algumas lamparinas acesas em todos os dois cômodos da casa, e mesmo assim, em agonia, procurava os fósforos e velas para acender, tinha medo do escuro.

Bastava-lhe seu "eu" em breu, bastava-lhe a noite lá fora, fria e sem lua. Precisava de luz, para alívio de seus medos. Morrer só na escuridão de si mesmo, é pavoroso a qualquer um que não confessa durante o dia suas confidências.

A noite é longa, a escuridão também é vasta, o medo torna tudo ainda mais demorado, consumindo aos poucos a sanidade mental daqueles que não confessaram. Vivendo o fim da vida na mediocridade, em desespero e solidão, na agonia de ficar sem a luz de uma lamparina na escuridão.

TEMPO É SENTIMENTO

Quando se está cada vez mais velho, a vida parece ficar mais silenciosa. No fim, só restam os cafés e as conversas, exceto para aqueles que de café não gostam. Para estes, sobrarão apenas as prosas, filosofias da praça, de uma vida vivida ou não.

—Cuidado com os ovos querida! —o alertava enquanto conduzia o veículo até a garagem de casa.

Os dois, quase completando suas bodas de ouro, enfrentavam aquelas monótonas manhãs de domingo, véspera de um feriado, não era o bastante o sentimento de silêncio daquele dia manso, e agora, intensificado pelo feriado prolongado, é uma chatice.

Eram velhos e não gostavam de serem chamados por este nome – para eles pejorativo, fora de questão, adjetivo falho. A velhice é um fato consumado, envelhecer é o clímax da vida e não a juventude como alguns dizem por aí, acreditavam nisso com a certeza de que não aproveitaram a fase juvenil, e, inconformados, defendem sua condição presente elogiando o silêncio e a monotonia que agora vivem na velhice.

—Se eu não me olhar no espelho, vou achar que ainda sou uma garotinha... —dizia ela em seus pensamentos mais íntimos enquanto penteava os cabelos grisalhos.

Adoravam fazer sexo, sempre com o mesmo frio na barriga, as mãos suadas, a inquietação nos músculos e o tesão estalante no corpo. As mãos tremulas ao tocar o outro corpo, sendo cautelosos até nas carícias trocadas. A meia-luz que entrava tímida no quarto para não ofuscar a cena escapava por entre as frestas, a porta estava entreaberta. Lhes deixavam mais seguros dos desejos expostos que tomavam conta do ambiente silencioso e por vezes não.

Estavam em consumação de suas carnes, os beijos suaves que lhes faziam estremecer os músculos e os suspiros que os faziam falhar a respiração, era o chamado para de uma só vez perder-se por completo naquele ato tão belo.

Já pensou ter vários pesos amarrados no seu corpo ao andar na praça? Enxergando pouco e também sendo enxergado bem pouco? Só no envelhecer do corpo a gente percebe que o tempo carregou muito de nossa saúde.

Ainda tinham muitos dos hábitos de três décadas atrás, frequentavam o barzinho da comunidade, e já foram repreendidos por alguns jovens que se atreviam a dizer que lugar de velho é em casa assistindo a missa na TV. Mas ficar sentado em casa morre antes da hora, revidavam.

Sabe daquele cachorro vira-lata que há nas ruas perambulando por aí, chafurdando tudo? Era essa a rotina do casal envelhecido: estavam por aí, agora com tempo e sem muitas responsabilidades, podiam vasculhar todos os cantos da cidade, chafurdando os restaurantes, bares e praças. Já tentaram algumas baladas, mas o barulho das músicas estragaram o aparelho auditivo de um deles, e decidiram não ir mais a esses lugares de hertz acima da média, e cortaram da lista.

Agora, o tempo é uma espécie de sentimento. Não uma condição, mas um sentimento real que por vezes causa nostalgia e mais vontade de se viver. O sentir nos dá o direito de admirar tudo que se consegue, tudo que puderam conquistar enquanto tiveram tempo.

Eles eram cúmplices das mais belas aventuras, o tempo era um mero detalhe, uma percepção que atacava somente o organismo, mas a voraz inquietação dos seus espíritos tornava divertido as peripécias de dois envelhecidos, que sentiam o sentimento do tempo, que apenas os impulsionavam a viver, e viver bem enquanto tiverem licença do tempo.

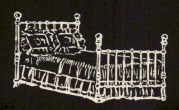

QUANDO SE TORNOU VELHO

Depois de um tempo passou a sentir mais cheio de ar do que antes, parou de planejar o dia e deixou de ser sistemático com as idas e voltas na praça da liberdade e no sítio novo da família. Depois de um tempo passou a se sentar debaixo do cajueiro do quintal de casa, a ventania fazia ranger os galhos carregados de cajus dos vermelhos, e ali, passou a se sentir seguro de um mundo tristonho lá fora.

Depois de um tempo que já se foi, ele passou a se perguntar por que num mundo de grandes belezas alguns nasciam sem lindeza alguma, como ele. Mas só depois de um tempo passou a perceber que já está velho.

Houve um momento repentino, início de um silêncio que apaziguou a sua vida, que o fez começar a dormir por mais tempo, parou de ser produtivo para o sistema. O dia era muito pouco atrativo, era como chão seco durante a estiagem de agosto. Tinha sede, passou a ter os desejos, mas aquela inquietação de não fazer nada ganhava força. Era uma luta diária.

Se levantava com muito esforço depois de algumas tentativas, a cama de lençóis velhos, molhados pelo corpo suado, que transpirou durante o sono conturbado daquela tarde. Os remédios que lhe abatiam a insônia estavam sob a cômoda envelhecida ao lado do cabeceira. Havia um livro que o acompanhava nas noites em claro, porém, já não o lia mais, parou na página 117. Era um romance.

Passava longos minutos olhando a parede rachada nos cantos, como se fosse uma obra de arte de um museu moderno. Sua mente já estava cansada do mesmo ambiente todos os dias e resolveu ir à praça da liberdade.

LIMPA-FOSSA

Gostaria – e muito – de poder dar um telefonema e esperar que lhe sugasse todos os dejetos imundos e fedorentos de sua vida. É mais fácil jogar a culpa e a responsabilidade para o caminhão limpa-fossa que estava ali em sua residência, fazendo seu trabalho a qual lhe era rotineiro. Pensava por instantes que seria bom se aquela mangueira fosse colocada em sua boca para sugar a podridão de sua alma.

Não havia amor-próprio, tampouco saúde mental. Lhe apavorava pensar se as confissões não confessadas já exalavam podridão. Aquele odor que contorcia o seu nariz poderia ser de si mesmo.

Gostaria – e muito – se houvesse um serviço como esse, que de vez enquanto se pudesse ligar para fazer um esvaziamento de suas sujeiras. Uma limpeza de espírito; da mente e do intestino. Queria ele perguntar ao caminhão limpa-fossa se ele abria exceção.

GUARDA-CHUVA

Também podia chover ali na praça da liberdade e o lugar passava a se transformar, se lavava de seus passeantes, de seus mentirosos, de seus solitários, de seus hipócritas, repelindo e fazendo escorrer pelas lajotas no chão até o bueiro, se limpava. Sem deixar vestígios dos que ali transitaram.

Não era crente, mas acreditava que se chovesse era pra se banhar. No dia de chuva cobrir-se de capa amarelo toscana ou guarda-chuva de cor azul cobalto é o que deve ser feito. A não ser que essa chuva esteja ocorrendo dentro de si. A casa enxovalhada, repleta de uma coleção de guarda-chuvas, hobby de um acumulador materialista. Acumula também as verdades a serem ditas, mas as abriga dentro de si. Aceitar sua condição de mediocridade sem fazer muita questão de reverter esse quadro remonta a uma ideia de comodismo e desperdício de recursos.

Ele guardava os objetos em um armário já abarrotado; alguns pendurados no cabideiro e havia outro segurado pela maçaneta da porta. O barulho sinuoso da chuva no telhado trazia a sensação de que se molhava por dentro algumas de suas verdades por ele envernizada. Sua alma estava ressequida, de tanto se abrigar debaixo dos guarda-chuvas.

A moléstia da vida natural lhe abatia, dele se despedia a sanidade como a água que escorria das biqueiras da casa, o sentido de sua resignação, de seu conhecimento íntimo de tudo aquilo que o afligia, era a enxurrada. Não era mais ele que tanto apreciava o cheiro de terra molhada da chuva. Aquela emoção de um país chuvoso, trevoso de nuvens e tempestades lhe dava o prazer de saber que não era o único a estar na chuva e se molhando.

Estava ele precisamente sem confessar coisa alguma, largado como guarda-chuva no canto da casa, aguardando a tempestade se apaziguar, esperando o sol lhe esquentar. Crendo naquilo como alívio de seus sentimentos medianos, do seu torcicolo que tivera ao dormir no sofá ao esperar a chuva passar na madrugada passada.

Em espera ainda havia de ficar. As músicas de sonata beethoveniana abafavam os murmúrios das goteiras que tinham no seu teto. Ele abria o guarda-chuva dentro de casa para abrigar-se. Confessou a ele seu amigo, um de seus pesadelos do passado, que passara em uma noite de tempestade.

RELÓGIO

O tempo se passava depressa entre o assoalho da casa e a lareira, que trincava ao som das labaredas de fogo, e consumiam vagorosamente a madeira posta por ele, a fim de esquentar o corpo. O relógio pregado na parede, imitação barata de relógio suíço, era o orgulho de toda a mobília da casa.

O ponteiro dava giros rápidos mais do que o normal, pensava ele. O tempo lhe era inimigo, sempre foi. Sempre é. O tempo é curto, e está varando. Não há graça nem honra, nem o respaldo de tanta ignorância para desperdiçá-lo. E ele ousou estruir. E ao mirar aquele relógio imparável o mesmo pôs-se a falar suas confissões.

Começa-se a gastar o tempo nos primeiros instantes da vida e no início o que se quer são os primeiros desejos na ida. E é nessa ida que se deseja gastar tempo para chorar. É a dor que vai revelando os motivos para continuar.

Gasta-se tempo com o que é preciso. Se separa tempo para sorrir. Perde-se tempo em não amar e só percebe quando é hora de partir. Onde investir os segundos? Nas dádivas da vida e no amor?

Leva-se a vida mendigando tempo. Velórios, boas-vindas e festas. Esbanjando o que não tem. Acreditando nos falsos profetas. Decida-se quem fica, na vida e na história. Se torna o único que pode mudar a vida. Ainda há tempo, ou se pode vencer e perder as vitórias.

O relógio lhe ditava a cada giro do ponteiro, palavras de uma velha poesia sobre o tempo, a qual escrevera já na velhice, e pudera sentir a inspiração naquele relógio de parede. Imitação barata de relógio suíço.

Ele, medíocre, já se conformava com o fim certeiro, como se suas pilhas energéticas lhe traíssem, já enfraquecidas, e aquele relógio imparável ainda iria gastar mais tempo, antes de confessar-se.

FOTOGRAFIAS

Uma parede repleta por completo de retratos fotográficos de tempos esquecidos e desbotados. Cada foto ali posta se fazia de papel de parede em toda sua casa, deixando claro que seu trabalho de vida fora de fotógrafo.

Capturou os momentos mais especiais e únicos das pessoas. Por saber vê-las, captou as suas essências, as suas almas. Sempre procurou algo mais profundo, que não conseguia entender o que realmente era, mas sabia da existência de um instante entre seu olhar e a lente da máquina fotográfica. Quando se tira uma foto, há algo nesse exato momento que se irá para sempre. Um instante que nunca mais estará lá. Suas confissões camufladas que são flagradas pelo fotógrafo.

Aquelas fotografias de gente, que com o tempo viraram desconhecidos em sua parede, são como fantasmas que já fugiram deste mundo. E levaram consigo parte dele. Havia rolos e mais rolos de filmes fotográficos não revelados, momentos não confessados, guardados em um baú debaixo de sua cama. Fotografias suas, as quais ele nunca soube enxergar se sua alma está visível nelas. E por temer ter sido flagrado por quem não as revela, deixando-as escondidas no fundo do baú.

Sentia-se encontrar sempre o sentimento de inexistência e por ter a maldição de ver através das lentes os que os outros não deixavam escapar em palavras. Tinha muito medo do que descobrir. E embora ele já tenha sido visto em fotografias por aí, não se via seu espírito.

Ao aposentar-se daquela profissão, restou-lhe apenas inúmeras fotos na parede e centenas de filmes fotográficos empilhados nos cantos do estúdio em desmontagem. De vez em quando lhe dava a coragem para revelá-los, e encontravam sempre um espaço em sua parede. As verdades confessadas nas fotografias alheias lhe permitiam por momentos encontrar-se nelas também.

Visualizava bem os retratos emoldurados e se acha identificado com os sorrisos feitos para a foto. Com os abraços dados, com alguns solitários em fotografias. A nostalgia lhe abatia com dor e saudade de poder ver as almas e os fantasmas das pessoas. Agora restava-lhe o desencontro dos instantes, fotos amareladas, filmes fotográficos não revelados.

CRISTALEIRA

Ela guarda em uma cristaleira de madeira nobre na sala uma coleção de taças de cristais bem preciosas. E que era exibida a toda visita que ali adentrava, com sua permissão.

Orgulhava-se do conjunto de xícaras e pratarias, mas não sentia beleza alguma em si, nem nos anéis brilhantes nos dedos magros e enrugados pelo tempo. Auxiliada pela bengala que a mantinha ainda em equilíbrio pela própria casa, os cabelos embranquecidos e enrolados moldavam um rosto que já transparecia os sabores amargos de uma vida não confessada.

Os engasgos de uma costureira de mão cheia, que costurou e remendou por muitos anos as vestes dos outros. Mas que nunca foi capaz de remendar-se a si mesmo, de juntar os retalhos, de vestir-se apropriadamente.

Hoje enxerga as falhas da costura improvisada, do império decaído que construiu. Da cristaleira que restou e dos anéis em seus dedos. A realidade imposta a ela nesse jogo de marionetes a fez ter desencontros, a fragilizou a ponto de ser como de cristal, tão frágil quanto as taças da cristaleira.

Não se abraça os fortes. Não se confessa uma fraqueza. O cálcio dos seus ossos foi aos poucos substituída pelo vidro frágil do cristal. O que a equilibra é a bengala e suas mãos tremulas, que antes costurava, agora se abala com o medo das não confissões cristalizadas na cristaleira.

FIGUEIRA

Sua casca é fria e áspera. Seus frutos pelo chão engrandecem ainda mais aquela paisagem da rua. O vento que por suas folhas verde-escuro passa, deixava o ar mais fresco. Olhava para sua copa e os pássaros pardal e rolinha sobrevoam e dominam seus galhos com assaz ninhos, se alimentando de seus frutos.

Logo notou que não há sequer uma criança. Nem as sapecas. Não havia nenhum bar por perto. Nem pessoas a passear na praça do outro lado da rua. Um lugar esquecido, onde reside uma das árvores mais antigas daquela cidade. Companheira dele, que em silencio escutava suas confissões não confessadas.

Cabisbaixo, cochila bem sossegado. Parece ser o único lugar onde ele poderia tirar um cochilo em paz. E toc! Baralho que fez quando um figo caía sobre sua cabeça e o assustava. Acaba que lhe desperta do quase sono profundo. Em punho sua bengala feita de cabo de vassoura, pronta para estralar em um vira-lata que poderia ter lhe acordado. Acreditava nessa possibilidade.

Se prendia a uma vista maravilhosa. Os galhos declinados ao seu rumo. O vento incessante que traz ares do outro lado daquela cidade e quase leva o seu chapéu.

Pouco mais das três da tarde. O tempo passou muito rápido sem que ele pudesse se dar conta de que o sol começava a se esconder no horizonte. De repente, cessava-se o papo com a figueira. Sereno, ele se levanta, com certa dificuldade e de uma forma cerimonial, se despede da então árvore, a toca em seu tronco e parte em bocejos.

Nesse momento. Metros adiante, precocemente, recordar-se da sombra imensa da figueira, do silêncio ensurdecedor, que sussurrou aos seus ouvidos o pedido de admiradores. Tentaria expandir seus gritos de súplica, se comprometendo em trazer-lhe à sua presença os admiradores por ela tão desejados.

Só o tempo fez-se enxergar as coisas que deixou de confessar, o tempo lhe apresentou o único lugar que existe no canto daquela cidade. O melhor lugar para se tirar aquele cochilo em paz, sem julgamento, apenas sossego e ventania suave que carrega suas dores, o pé de figueira da esquina.

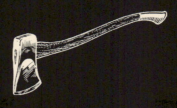

CADÁVER

Caminhava devagar nas calçadas para passar o tempo, e foi aí que presenciou… Estava ali, caída na viela que dá acesso à praça da liberdade, despida e sem ninguém pra ajudar. Estava amputada ao léu. A angústia lhe tomou pelo peito e espalhou pelo seu corpo e o fez sentir um formigamento nos músculos. Arrepiou o espinhaço ao ver aquele cadáver que lhe era muito familiar, uma amiga de velha data.

Para o desabrochar da tristeza e do luto, ela havia morrido. Passou naquele instante silencioso a se recordar de quando ainda ela era viva, não fazia mal a ninguém, residia ali na calçada e proseava com quem parasse por ela.

Na cena do crime ainda estavam os indícios do assassinato, os artefatos de tortura estavam pelo chão, alguém havia sido pago para fazer o tal serviço. Alguns que passaram a cercar o seu corpo, retorciam o nariz. Espantados, cochichavam entre si esperando algum tipo de absolvição.

Foi morta talvez por motivo banal, ela foi decepada no tronco, sem cerimônia nem aviso, nem sequer despedida. Agora resta apenas pedaços dela, espalhados na calçada e suas folhas já murcham.

RODOVIA

Viu um cão à beira da estrada. Parecia pedir carona, o que o fez pisar no freio de forma repentina, e viu logo o rabo do canino balançando em sinal de alívio. Aparentava estar há horas esperando quem parasse por ele. Tinha sede e muita fome.

Essa cena se passava em uma rodovia sem morada por perto. Deduziu o abandono do cão ali. Deu seta à direita e abriu a porta do automóvel e o cachorro mal se continha, rodopiando euforicamente, lambendo as mãos do seu redentor, que gentilmente tirou a água de um cantil e despejou em sua boca.

Trocaram carícias, trocaram seus nomes e brincaram às margens daquela rodovia. Ele então levantou-se, suspirou fundo e convidou o cão a entrar em seu veículo. Da janela, saltou outros olhos que já os aguardavam. Havia outros cães sentados no banco de trás.

O canino então adentrou em pulos e latidos para se juntar aos companheiros resgatados como ele. E o carro partia pela rodovia ao seu destino final qualquer, carregando quem encontrasse às suas margens.

RUA DA AMARGURA

Ela o abraçou bem forte antes de partir, antes que que desaparecesse na curva da rua. Acenou com as mãos, dando sinal de que era uma despedida que ressoava dor.

O papo não estava chato, não foi esse o motivo da partida. Não estava a chover e tão pouco era muito tarde. O relógio no seu pulso comprovava, ainda eram três da tarde ensolarada daquele sábado.

A rua perdia um pouco de encanto e o tempo voltava a persegui-lo, deixando-o minutos mais velho. A pessoa que fazia parar o seu espaço-tempo carregou consigo um pouco dele. Era como um poeta que perdia a inspiração do que escrever. Passando a ver o mundo sem cor e passar a sentir a dor e tudo acalentar o coração.

E ele, poeta que perdeu a inspiração, quando não tem o que versar, sem rima, sem métrica, se viu a pensar, se mantendo em prisão per-pé-tu-la. O poeta se viu perdido, sem abrigo, se viu ferido à procura de palavras. Tudo ficou desconfigurado, sem sabor, sem cheiro, odor. Tudo ficou deformado, sem amor, desamor, sem o sonho realizado.

Talvez o poeta até morra sozinho no silêncio, mesmo que em multidão ele corra, talvez ele grite e não seja visto. Talvez ele fique parado na esquina vendo a inspiração sumir na curva da rua. Quando o poeta sabe poetizar, quando ele pode do amor falar, ele transborda aquilo que alimenta, a alma, o espírito, o corpo e a mente. E ele sabe encaixar nos versos, entre vírgulas, e sabe onde encontrar sonhos e utopias, logo ali, ao fim da rua.

Um poeta morreu na rua da liberdade, que, com o acontecido trágico, passou a se chamar rua da amargura. Não houve quem velasse seu corpo, não suportaram ver, nem mesmo coroas de flores como homenagens póstumas.

Quando vivo era muito rico de palavras, e ao morrer, sua alma vivente não se desapegou da poesia, ainda queria servir-se dela. Para os que residem ali na rua, que mudara o nome, sem o poeta para aliviar suas dores e fazê-los sonhar, passaram a viver com muita culpa no peito.

DAMA

A dama, companheira de anos que divide os seus prazeres, também é a causa de tantas discussões entre os passeantes daquela praça. Ela é bastante procurada naquele ambiente, servindo como companhia dos nobres cavalheiros, os filósofos da praça. Dava o prazer de entretê-los com suas necessidades estratégicas. E cobra muito pouco de seus usufruidores; geralmente o mais astuto a dama o escolhe como campeão.

Andar na praça e sentir a brisa, conturbada de barulho dos passos e buzinas. É perto de um banco quebrado, entre um movimento enfadonho e o passadiço na calçada em meio ao baralho e o sono, que eles estão por lá.

O calor escaldante faz da praça oásis, suas árvores grandes produziam sombras no pátio. As prosas longas fazem da praça púlpito, de filósofos amantes de um café forte e puro. Reunidos em torno da dama, era como um prostíbulo público, para os cavalheiros trajados de paciência e grisalhos no topo da cabeça.

Que Dama! Que fazia tantos ali esperar sua vez para ter a honra de poder tocá-la. Era de vermelho que ela era revestida, bailando sobre um tabuleiro, diversão dos velhos anciões em cada ponta do jogo.

ÁLBUM

Bastava-lhe a exiguidade de viver sem ter feito o que seria o bastante para não ser medíocre. Escondeu-se. Não disse o que sentia. Tornou-se uma velha ranzinza. Rancorosa. Movida a aparências. Não gosta que falem de sonhos tão perto dela. É uma daquelas vilãs que não sorriem.

Na sua varanda onde sua cadela Belinha repousava, as plantas em jarros de barro e a cadeira de balanço a qual se balançava era o cenário avelhentado e antiquado, um canto da casa que podia pegar um ar e pouco vento nos cabelos grisalhos. Através dos olhos de vidros assistia suas lembranças. Palpava os dedos no álbum de fotografias repousado sobre o colo, dos sorrisos largos perdidos nas imagens estáticas, representações de instantes tão íntimos e que agora são transatos. Mal lembrava de certas fotografias.

Deixou-se levar pela dor e partiu de tudo aquilo que era belo, para dar lugar a um recipiente que recebia o rancor. Perdeu a fé em si mesmo e quisera apenas terminar a confissão, apenas a sua cadela ali no chão farejava suas confissões e sabia que a dona folheava o álbum em busca da cena em que perdera aquele amor à vida.

UM LIVRO PRECIOSO

Havia nele muita compaixão, acreditava nas viradas de jogo na vida, já dada como perdida. O seu chão estava bem sujo – era seu território, que chamava de casa, algumas das telhas quebradas deixavam raios do sol de verão iluminar o ambiente vulgar. Tinha em mãos um livro que já lera algumas dezenas de vezes, tinha apreço por aquele punhado de crônicas reunidas em antologia. Olhou para o seu teto e o feixe de luz iluminou a testa que franzia. Sorriu. Sua mente estava putrefata, de coisas impensáveis, inconcebíveis aos gentis, mas que lhe causava prazer ao ver a morte por perto, como um lobo que cerca a sua presa, era seu êxtase que se completava. Gostava de sentir a sensação da vida quase escapar entre os dedos, e podia sentir o valor das aspirações requeridas da vítima.

Certa vez achou que tivesse controle da situação, no entanto, estava enganado. Era uma mente de peripécias que já havia esgotado a sanidade. Lembra que já conversou com um assassino de verdade, que ainda não tinha cometido o seu primeiro crime. No diálogo falaram de coisas divinas, um bate-papo comum entre psicopatas, sem muitas malicias.

Ao umedecer o rosto com o líquido frio e salgado, de uma lágrima que escapava dos olhos avermelhados. Era pego pelos lapsos de memórias rasas, visualizando a vida. Ele ri de se mesmo, acostumado a poucos risos e sorrisos espontâneos, ecoavam no ambiente quebrando o silencio, gargalhou de suas desgraças e dos personagens pitorescos daquele livro, não dava para saber.

    Os olhos viciados por leituras rápidas, que a mente e sua alma, sem sexo e mácula alguma, se confrontavam em uma dualidade, em que personagem estava se tornando? Tinha um pouco de esperança ali, como ele, além do livro.

COISAS DE UMA AGENDA

A roupa estava quarando no varal. Seis metros de ponta a ponta, estendendo os lençóis da cama brancos e alguns pares de meia da cor amarelo toscana, que destoavam por serem coloridos.

O dia estava ensolarado e secava vagamente os seus tecidos. Os panos embranquecidos lembravam as velas de uma caravela, sob um vento incessante ricocheteando e tremulando. Mal dava para crer que havia manchas naqueles panos, que sumiram com a lavagem rápida. Limpava todos os cantos da casa, era uma limpeza violenta, queria muito expurgar a sujeira para deixar o ambiente com sabor e cheiro de lavanda. Foi quando chegou a hora de limpar um criado mudo, mobília velha, tirava as gavetas longas, tinha muita coisa ali, coisas velhas, quinquilharias que não quis se desapegar.

Havia papéis, contas de cobrança de luz, água e telefone, tinha alguns anéis que não serviam mais nos seus dedos, encontrou um relógio de ponteiros parados e teve um espanto, sentiu uma pontada no estômago, naquele momento cessou seus movimentos violentos e passou a observar o que reencontrou ali em meio as coisas velhas de desuso.

Uma velha agenda de tempo passados, da sua juventude. Lembrara de quem lhe deu aquele caderno costurado à mão com capa de couro preto dura e de letras em relevo. No cantinho inferior havia a datação, 1998 — tempo, tempo, tempo... — falou com aquele sentimento de que o tempo voa e muita coisa já se passou.

Pegou e tremia os músculos do corpo, era como se reencontrasse um de seus amores não resolvidos e abriu o caderno que já era livro, pois havia muita coisa escrita e não havia mais páginas em brancos. Havia contatos, número de fax de alguns, endereços de outros, algumas listas de compras e tinha também naquela agenda alguns poemas. Versos rimadíssimos para alguns amores não confessados, mas que inspirou a escrita destes.

A caligrafia mudara um pouco, assim como a pessoa que escreveu aquelas coisinhas bobinhas, mas que em algum momento lá atrás eram coisas sensatas. Aquela agenda era um diário, de muita coisa íntima, reflexões sobre as coisas da vida...

Folheou página a página, cada uma lhe causava um resgate das suas boas memórias, e como é bom ter lembranças pra se recordar. Coisas passadas, incluindo os planos da agenda que só ficaram por lá mesmo.

TEM GENTE QUE...

Tem gente que só tem o corpo, nem a roupa do corpo não tem mais. Tem gente que só tem moeda no bolso, nem mesmo se tem alguém para amar e ser amado. Tem gente que no fim não tem nem um desdém como companhia. Tem por aí pessoas como ela, que de atributos se vê como alguém que tem, e por ter, usa suas dádivas em benefício de si mesma.

Tem coragem, mas falta a vontade de ter muitas coisas. Se tem tudo no muito pouco, e se tem ar nos pulmões, o que já é de muita valia. Se tem toda a possibilidade de felicidade ou de infelicidade nas mãos, as mesmas que guarda nos bolsos da calça. Tem gente como ela, que só tem o sorriso como proteção, nem sequer tem o que calçar, anda com os pés no chão.

Como ela, tem vários por aí que só tem o que falta e não tem o que precisa – necessariamente, vida digna. Tem gente que mesmo encontrando algum valor não entende seu valor diante da vida. Como ela, sucateada por outros, foi atormentada por pessoas cruéis. Tem gente pra tudo nesse mundo, já dizia alguns velhos por aí.

Tem gente esperando a chance de poder vencer na vida, mesmo que seja só por um dia. Tem gente com sede de justiça, procurando briga. Tem gente que sabe o que é *a gente* separado, como exatamente ela, que vasculha lixo em busca de ter alguma coisa para chamar de sua.

Tem gente desnuda, sem pano para cobrir a sua nudez. Tem gente que falta tempo, faltando consigo mesmo o entendimento. Tem gente que não tem medo, enfrentando as consequências, enfrentando os outros, é só o que tem. Tem gente alegre por aí, tem gente como ela por aqui, se tem desdém, solidão e um pouco de ingenuidade.

Tem gente que não tem roupa da cor azul cobalto. Tem gente que faz propaganda da vida, tem gente que tem a fé, e só resta ela para ter a vida. Tem gente desvalida, de toda cor, tem gente ferida procurando seu valor. Tem tanta gente que ela quase não se destaca entre a multidão que por ali passa. Porém, ela tem um cabelo bruto, ressecado pelo sol, tem. Também tem lábios carnudos, rachados pela ausência de batom, pois não tem. Também tem uma pele preta, cinzenta, não tem hidratante corporal. Ela tem a si só, um sorriso que expõe sua alegria, e gasta bem pouco para sobrar motivos de ainda rir, o mesmo sorriso amarelo e desdentado, que esconde sua grande tristeza. Ela tem vida.

Tem dias que não estamos preparados para dar um bom-dia. Não temos palavras bonitas para dizer a um possível amor. É nesse dia que sentimos a cólera, gastura do copo d'água que escolheu beber parar matar a sede. Existem dois lados, um lado bom de se lhe dar com a vida que tem e um lado temoroso de se encará-la.

E tem gente cansada dos esporros da vida. Tem gente enfadada de paz e calmaria. Tem gente atormentada, tem gente absolvida. Ela enxerga em frente a praça da liberdade, tanta gente a perder a vista, e tem paciência em olhar, pensar e deduzir. Tem gente pra todo canto, de todos os tamanhos, tem gente ali, procurando liberdade...

NOTA DO AUTOR

ambiente dos contos e as cores do título

O Após a leitura destes contos colhidos da praça da liberdade, procurei saber do que se trata este livro. Descobri que ele fala da velhice, fala de solidão, do silêncio, dos conflitos e da mediocridade no fim da vida, fala de ser velho. Eu, por escrevê-lo, primeiro procurei palavras bonitas pra se estampar na capa; em seguida, o título que selecionei, fala de uma forma muito poética e abrangente do que senti ao escrevê-lo, desde a opulência do azul cobalto ao misterioso e desbotado amarelo toscana.

Eu vi um velho que achava por bem cuidar sozinho do canteiro dessa praça, aqui na rua Jarbas Passarinho, comunidade das Dores. Ali também eu vi uma velha que varria a frente de sua casa por mania de limpeza e por causa dos dejetos dos pombos que sujavam muito sua calçada, coitada. Pude ver também as peripécias de uma criança que aprontava muito por aqui, atiçava o marimbondo do mamoeiro e matava com pedra de baladeira as lagartixas das paredes. Tinha também um corpo bem magro que ficava usando o banco da praça como se fosse cama. E havia um senhor de idade cuja dor de perda entendia bem, vestia viuvez. Tinha gracejo naquele lugar, quando alocado num sorriso de uma moça bem-arrumada e muitos caiam nas graças por conta do sorriso largo de um palhaço fincado na esquina. Eu vi muita coisa, vislumbrei as vidas se entrecruzarem e respingar âmago aqui nesse passadiço, que é a praça da liberdade deles e que servia também como pátio da igreja matriz.

Esse habitat foi o mais adequado para se ver esse prosaico de histórias. É nele que julguei ser mais justo vislumbrar seus passeantes desnudos e vulneráveis ao olhar de quem escreve, nesse caso, eu. Todavia, qualquer um que tenha um olhar apurado para as coisas que o cerca pode ver com nitidez essas coisas que aconteceram nessa coletânea de contos. E estamos todos à mercê de sermos observados por algum olhar minucioso, pode haver um escritor na colheita de histórias na praça em que você tropeça. Estamos sendo observados!

Sentei-me em um banco qualquer, a praça se encontrava encoberta com as sombras dos urubus que a sobrevoavam. No semiárido, as casas são maltrapilhas, de rebocos caídos e as folhas secas ladrilham as calçadas acimentadas e desgastadas pelo tempo. As ruas magras de paralelepípedo e as amendoeiras que infestam as calçadas, cercam a pequena praça da liberdade, em frente à igreja matriz de Nossa Senhora das Dores, que anda carecendo de reforma.

É um ambiente modesto, de poucos bancos e que na sua maioria estão quebrados. Ali ao seu redor há uma padaria logo na esquina e um ponto de ônibus do outro lado da rua. As paredes são todas coloridas, do azul cobalto ao amarelo toscana, e que já estavam em desboto, pois o sol esquenta e castiga as cores da vida durante o dia.

A praça da liberdade (onde não jaz tantas liberdades assim) é um ambiente corriqueiro, repleto de mesmice, em que tudo ganha ritmo e uma cor como pano de fundo, do azul cobalto ao amarelo toscana. E tudo isso, quando o sol sem amargura e com saudades dos seus velhos e velhas que cintilam suas histórias, deixando claro o que acontece nesse ambiente.

Ao abrir as portas da igreja, o padre pedala os degraus da escada em espiral da torre para tocar os sinos, e é nesse breve momento, rasteiro e preciso, que escuto os bons-dias!

e sorrisos agudos. Reparo os acenos e as amarguras já camufladas, uns cumprimentando os outros, como um bailar. Eles tropeçam no mesmo meio-fio e ficam debaixo da mesma sombra dada pela mangueira.

Durante a escrita destes contos não houve intenção em romantizá-los, nem os reafirmar, tampouco conceituar algum sentimento, é apenas um prosaico do azul cobalto ao amarelo toscana. Um compilado de cores, de segredos, de velhices e sentimentos de um tempo. Enquanto o azul cobalto é o recorte escolhido para as vidas gratas que aqui residem, o amarelo toscana pinta as vidas que não tem muitas emoções, uma cor mortífera e suja, que não tem beleza alguma (para alguns).

Depois de sentado em um banco qualquer da praça, não leva muito tempo para colher essas histórias que você vê muitas vezes por aí com o olhar de mesmice. Se reparar bem, os contos iniciais são de azul cobalto, cheio de emoções, cheio de detalhes e com personagens de nomes expostos, porém, em um certo momento entre os contos, estes personagens perdem os seus nomes e passam a ser intitulados com objetos simples, intrínsecos às suas histórias. É neste momento em que os contos ganham uma nova cor, o amarelo toscana.

Ainda sobre este livro, o silencio de ser velho o permeia, mas nem só de solidão a velhice está definida; existe chamego nisso também. Já vimos por aí muitos velhos e velhas se tornarem mobílias de casa, mobílias velhas, sem utilidade, a não ser como enfeite decorativo em um canto qualquer do ambiente. Mas que olhar é esse das pessoas que tem o poder de apagar os velhos?

Às vezes paramos de cruzar os dedos ao ver uma estrela cadente rasgar o céu, ou deixamos de adoçar o café para bebê-lo mais amargo e aproveitar o seu sabor forte e delicioso. Quando se dá por si, se foi um pouco daquela esperança real que as crianças carregam aos montes em seu espírito e saímos do azul cobalto para um encontro com o amarelo toscana.

Durante o prosaico, mal reparamos que por trás de muita alegria e riso existe a natureza vulgar, cruel e insensível do ser humano. Se usa a máscara tantas e incontáveis vezes que em certo momento, quando se dá a coragem na espinha e é chegada a hora em que se pode tirá-las, não é possível sem arrancar a própria pele.

No início, se veste o vibrante azul cobalto, para marchar ao calvário e à medida que se envelhece e dele se aproxima se perde muito dessa cor e começa a trajar-se de um tom mais suave, quase em desboto como amarelo toscana, tão sutil...

É durante o tempo em que as coisas se darão por vencidas, é perdurante ele que tudo passa, e o que restará quando envelhecer, será aprender a morrer. Percebe-se que na velhice não existirá mais interesse algum em se provar mais nada, nem pra si nem pros outros.

À medida que passamos a envelhecer, a gente escolhe se esconder um pouquinho, começamos a cozinhar pra si, a rever um álbum de fotografias procurando nas fotos o momento em que aquela mocidade foi perdida. Resta neste livro de contos visualizar o que é o amor e a falta dele também, e que o tempo é um sentimento, espaço, desassossego e o regente da grande epopeia que é a vida.

Em uma fração desse deus-tempo em que estamos por aí, nos espreitamos nas sombras insurgentes e nas sinuosas curvas das nossas histórias, procurando se esconder das próprias iniquidades, mas não há negação, não se tem esconderijo por muito tempo, a verdade vem à tona sempre, mesmo que bem silenciada, ainda assim há de estremecer por dentro e isso passa a ser ainda mais realidade quando se tornar velho.

Ainda falo que nesta coletânea de contos não houve um roteiro de praxe, suspense, autoajuda, crime ou castigo. Nada disso explícito, mas pode-se deduzir. Pressupostos podem surgir destes textos, ou melhor, destes contos rasteiros que lembram jaculatórias.

Ao encarar a vida de peito aberto, receberá aplausos e vaias ao mesmo tempo. Percebe-se aqui que terá que se aguentar até o fim, como espectador de sua própria vida, incluindo os rumos que ela tomar. Observando suas próprias condutas, erros e acertos, até morrer. Verá seu corpo definhar, ficar mais gelado e áspero ao toque, atrofiar-se e as falas não vão fazer mais sentido algum aos outros. O tempo irá roubar a sua força e o calor da pele e desejará uma tarde de verão.

Quando o tempo passar e chegar o momento, vamos nos esconder dos descaminhos inditosos e das tensões da solitude, e por ter atravessado por isso e aquilo é que se aprende a se esquivar para tentar evitar a inatividade. Alguns se fazem de malabaristas, com as manobras de criação dos pretextos, para eludir as dificuldades, os subterfúgios.

Quando se fala muito, estamos fadados a mentir sempre, pois todo o nosso estoque de verdades vai se esgotando. Todos nós temos demônios dentro de si, às vezes os deixamos escapar por breves momentos. Por certas palavras e ações. Mas rapidamente disfarçamos. Pois não é belo, nem é perfumado, tampouco cativo.

Mas há sempre um convite para deixar suas verdades escaparem de você, e deixe-a que escapem e brinquem lá fora. Que elas possam transitar pelas ruas e vielas. Com sua permissão, possam adentrar aos palcos, poros e sentar-se no banco da praça da liberdade.

Os corpos que ali residem se levantam todos os dias despertados da submersão dos sonhos, e com eles, as pessoas de coragem, de fé, e de alegria que pronunciam os "bons-dias", como deprecações avulsas e um sorriso instrumental no rosto como máscara daquilo que realmente não são – e se preparam para entrarem em cena. Como se tudo fosse uma grande peça teatral, um imenso musical ou um picadeiro de um circo itinerante. Onde esconder sua natureza é a excelência de uma obra-prima. Sem ensaio, nem leitura de prefácio, prólogo ou epílogo.

Aquele que rasga as próprias máscaras descobre a verdade que há em si mesmo, vive a verdade e por consequência de seu ato incomum, viverá vulnerável, como já dizia Guimarães Rosa: "Viver é um negócio perigoso". Se puder, encontre também uma praça mais próxima dos seus olhos, ache o banco mais confortável e que tenha sombra e procure reparar!

Por fim, existe aqueles que costumo chamar de "sem tempero". São os insossos que me causam um desgosto. No final da grande epopeia, vamos perceber que roubamos muito de nós mesmos para tornarmos o que queríamos ser, e que o tempo é muito pouco. Nos atrofiamos para nos curar mais depressa, usurpando tudo que podemos usurpar, e depois temos menos a oferecer, a cada novo amor, a cada nova vivência e vamos falecendo precocemente, perdendo o azul e se agarrando ao amarelo.

✉ escritorjoaopedroleal@gmail.com
◎ @jotape.leal

◎ editoraletramento
🌐 editoraletramento.com.br
f editoraletramento
in company/grupoeditorialletramento
🐦 grupoletramento
✉ contato@editoraletramento.com.br
♪ editoraletramento

🌐 editoracasadodireito.com.br
f casadodireitoed
◎ casadodireito
✉ casadodireito@editoraletramento.com.br